Que conto nos conta?

A literatura inspirando a prática clínica

Que conto nos conta?

Lilia Gramacho

Que conto nos conta?

A literatura inspirando a prática clínica

solisluna

Que conto nos conta?

copyright © 2023 Lilia Gramacho Calmon

EDIÇÃO
Valéria Pergentino

PROJETO GRÁFICO E DESIGN
Valéria Pergentino
Elaine Quirelli

ILUSTRAÇÕES
Luma Flores

CAPA
Enéas Guerra

REVISÃO DE TEXTO
Ana Luz

Dados Internacionais de Catalogação na Publicação (CIP) de acordo com ISBD

G745q	Gramacho, Lilia
	Que conto nos conta? A literatura inspirando a prática clínica / Lilia Gramacho ; ilustrado por Luma Flores. - Lauro de Freitas : Solisluna Editora, 2023.
	104 p. : il. ; 13cm x 18cm.
	Inclui bibliografia e índice. ISBN: 978-65-86539-95-0
	1. Psicologia. 2. Psicanálise e literatura. 3. Literatura. 4. Narrativas. I. Flores, Numa. II. Título.
2023-2505	CDD 028.5 CDU 82-93

Elaborado por Vagner Rodolfo da Silva - CRB-8/9410

Índice para catálogo sistemático:
1. Literatura infantil 028.5
2. Literatura infantil 82-93

2024 | 1ª reimpressão

Todos os direitos desta edição reservados à Solisluna Design Editora Ltda.
55 71 3379.6691 www.solisluna.com.br editora@solisluna.com.br

Dedico este trabalho a
meu *daimon*, que me fez
enxergar, nos desvios,
meus caminhos.

sem dúvida, psicologia e literatura partilham uma ampl
ronteira e guardam inter-relações significativas. O poe
ingidor, nos diz Fernando Pessoa. Fingidor porque apre
como seu o que parece pertencer a um outro. Ou a tant
expressa e comprova, com profunda sensibilidade, que
la alma são arquetípicas. Elas são universais e dizem r
nossa própria condição humana de existir. Os escrito
com suas antenas de sensibilidade, captam e transform
m histórias diversas, essa riqueza arquetípica do viver
essa capacidade de ocupar um espaço intermediário e
percepção externa e a percepção inconsciente, podem
para os processos de criação artística como meios de i
obre a natureza da psique. Entretanto, embora seja est
conexão entre esses dois campos, essa relação não pa
reconhecida dentro dos estudos da prática clínica, que
istoricamente, para a necessidade de garantir à psico
m lugar de autoridade científica, aproximando-a, assi
medicina e de toda premência de objetividade, de verif
le mensuração que ela impunha. Embora saibamos qu
las artes e o da psicologia possuem uma mesma gêne
lma humana – ainda não constam, nos currículos esco
las faculdades de psicologia, disciplinas que se aprofu
ema da criação artística, dando a ela o valor de referê
ensino e aprendizado da clínica. O corpo docente das
le psicologia está repleto de médicos, neurocientistas
nesmo, advogados. Desconheço, contudo, entre eles, p
omancistas ou artistas plásticos. Este trabalho busca
ncontro. Entendo que é hora de nós, analistas, aprend
com os artistas – neste caso, elegemos os escritores –
nétodos. Vamos, então, na direção contrária do mito c
para penetrar no obscuro mundo daqueles que se aven

Em *Que conto nos conta?* Lilia Gramacho nos conduz ao fogo, ao fogo e à história, àquele pequeno círculo de luz que gera uma fogueira e permite, pelo tempo que dura uma história, deixar o medo de lado. Assim, a autora nos mostra que, no ato narrativo, começa a história humana: nessa necessidade de compreender o exterior, mas também o interior que se agita com todos os perigos e experiências que estão ao lado do fogo.

Pensar, então, no espaço clínico como espaço literário parece óbvio, porém, como adverte a autora, nem sempre a literatura faz parte da formação psicológica. Delicadamente, então, expondo evidências bibliográficas como uma artesã relojoeira, Lilia nos aproxima da linguagem e do pensamento simbólico envolvidos em toda narrativa pessoal ou clínica, e seguimos por esse caminho, o mesmo que fez Freud ao afirmar que os poetas chegaram primeiro ao lugar onde estavam suas teorias, porque, como escreve a autora, "cada pessoa é uma história que se conta. Um livro inacabado."

Sara Bertrand

em dúvida, psicologia e literatura partilham uma ampl
ronteira e guardam inter-relações significativas. O poet
ingidor, nos diz Fernando Pessoa. Fingidor porque apre
omo seu o que parece pertencer a um outro. Ou a tant
Expressa e comprova, com profunda sensibilidade, que
la alma são arquetípicas. Elas são universais e dizem re
nossa própria condição humana de existir. Os escritor
om suas antenas de sensibilidade, captam e transform
m histórias diversas, essa riqueza arquetípica do viver
ssa capacidade de ocupar um espaço intermediário er
ercepção externa e a percepção inconsciente, podemo
ara os processos de criação artística como meios de i
obre a natureza da psique. Entretanto, embora seja est
onexão entre esses dois campos, essa relação não par
econhecida dentro dos estudos da prática clínica, que
istoricamente, para a necessidade de garantir à psicol
m lugar de autoridade científica, aproximando-a, assir
nedicina e de toda premência de objetividade, de verifi
e mensuração que ela impunha. Embora saibamos que
as artes e o da psicologia possuem uma mesma gênes
lma humana – ainda não constam, nos currículos esco
las faculdades de psicologia, disciplinas que se aprofu
ema da criação artística, dando a ela o valor de referê
ensino e aprendizado da clínica. O corpo docente das
e psicologia está repleto de médicos, neurocientistas
nesmo, advogados. Desconheço, contudo, entre eles, p
omancistas ou artistas plásticos. Este trabalho busca e
ncontro. Entendo que é hora de nós, analistas, aprend
om os artistas – neste caso, elegemos os escritores – e
nétodos. Vamos, então, na direção contrária do mito ci
ara penetrar no obscuro mundo daqueles que se aven

Sumário

11 Prefácio

19 Literatura como psicologia, psicologia como literatura

33 O espaço analítico como espaço literário

55 A imaginação como método

79 O analista como leitor

93 A alma da literatura, a literatura na alma.

97 Referências

em dúvida, psicologia e literatura partilham uma ampl
ronteira e guardam inter-relações significativas. O poet
ingidor, nos diz Fernando Pessoa. Fingidor porque apre
omo seu o que parece pertencer a um outro. Ou a tant
xpressa e comprova, com profunda sensibilidade, que
a alma são arquetípicas. Elas são universais e dizem re
nossa própria condição humana de existir. Os escritor
om suas antenas de sensibilidade, captam e transform
m histórias diversas, essa riqueza arquetípica do viver
ssa capacidade de ocupar um espaço intermediário er
ercepção externa e a percepção inconsciente, podemo
ara os processos de criação artística como meios de i
obre a natureza da psique. Entretanto, embora seja est
onexão entre esses dois campos, essa relação não par
econhecida dentro dos estudos da prática clínica, que
istoricamente, para a necessidade de garantir à psicol
m lugar de autoridade científica, aproximando-a, assin
edicina e de toda premência de objetividade, de verifi
e mensuração que ela impunha. Embora saibamos que
as artes e o da psicologia possuem uma mesma gênes
ma humana – ainda não constam, nos currículos escol
as faculdades de psicologia, disciplinas que se aprofur
ma da criação artística, dando a ela o valor de referên
ensino e aprendizado da clínica. O corpo docente das
e psicologia está repleto de médicos, neurocientistas e
esmo, advogados. Desconheço, contudo, entre eles, p
omancistas ou artistas plásticos. Este trabalho busca e
ncontro. Entendo que é hora de nós, analistas, aprende
om os artistas – neste caso, elegemos os escritores – e
étodos. Vamos, então, na direção contrária do mito cie
ara penetrar no obscuro mundo daqueles que se avent

Prefácio

Este livro tem por objetivo buscar uma aproximação entre a literatura e a psicologia analítica a partir das vozes de seus autores. Temos certeza de que podemos encontrar inspiração e aprendizado para a prática clínica junguiana a partir das experiências vivenciadas pelos autores ficcionais no exercício da criação literária e no ato de ler como uma forma de escuta.

No sentido dessa aproximação, buscaremos pontos de intersecção entre a psicoterapia junguiana e a literatura a partir de três analogias – o espaço clínico como espaço literário, a imaginação como método e o analista como leitor –, em que a dimensão imaginativa da alma, polifônica, plural, inventiva e autônoma, se apresenta como sentido básico em ambos os campos. Jung nos guia para o cultivo da alma, para a realidade psíquica, através de sua força mitopoética, onde reina a fantasia. O mesmo nos pede a literatura em seu pacto ficcional.

As histórias biográficas são matéria-prima para a psicoterapia. Cada paciente retoma a tradição oral de contadores de histórias, recontando a vida, onde verdades e mentiras se fundem no tecido da memória. Os escritores conscientemente mentem dizendo verdades; nossos pacientes conscientemente dizem a verdade, enquanto, inconscientemente, mentem. A literatura, como inspiração para a prática clínica, pressupõe que, através da elaboração lírica e ficcional dos romancistas, podemos aprender um pouco mais a penetrar na realidade psíquica, vista aqui a partir da perspectiva da psicologia analitica, desenvolvida por Jung e revisitada pelos pós-junguianos.

> "Os cientistas dizem que somos feitos de átomos, mas um passarinho me diz que somos feitos de histórias."
>
> *Eduardo Galeano*

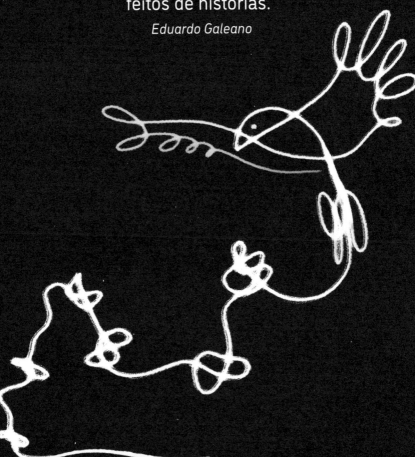

em duvida, psicologia e literatura partilham uma ampl
onteira e guardam inter-relações significativas. O poet
ngidor, nos diz Fernando Pessoa. Fingidor porque apre
omo seu o que parece pertencer a um outro. Ou a tant
xpressa e comprova, com profunda sensibilidade, que
a alma são arquetípicas. Elas são universais e dizem re
nossa própria condição humana de existir. Os escritor
om suas antenas de sensibilidade, captam e transform
m histórias diversas, essa riqueza arquetípica do viver.
ssa capacidade de ocupar um espaço intermediário er
ercepção externa e a percepção inconsciente, podemo
ara os processos de criação artística como meios de i
obre a natureza da psique. Entretanto, embora seja est
onexão entre esses dois campos, essa relação não par
econhecida dentro dos estudos da prática clínica, que
istoricamente, para a necessidade de garantir à psicol
m lugar de autoridade científica, aproximando-a, assin
edicina e de toda premência de objetividade, de verifi
e mensuração que ela impunha. Embora saibamos que
as artes e o da psicologia possuem uma mesma gênes
lma humana – ainda não constam, nos currículos esco
as faculdades de psicologia, disciplinas que se aprofu
ema da criação artística, dando a ela o valor de referên
ensino e aprendizado da clínica. O corpo docente das
e psicologia está repleto de médicos, neurocientistas e
esmo, advogados. Desconheço, contudo, entre eles, p
omancistas ou artistas plásticos. Este trabalho busca e
ncontro. Entendo que é hora de nós, analistas, aprende
om os artistas – neste caso, elegemos os escritores – e
étodos. Vamos, então, na direção contrária do mito ci
ara penetrar no obscuro mundo daqueles que se aven
nfronto consigo mesmo e conseguem dar ao compo

Minha avó sempre me contou muitas histórias. Talvez venha daí meu encanto pelas palavras. Em criança, gostava de dicionários e seus jogos de significados. Fui descobrindo na palavra, nessa unidade carregada de potencialidades e em seus arranjos, a força que a linguagem tem sobre nós. A palavra tece histórias. E as histórias nos tecem. Temos necessidade de compartilhar experiências, dores, alegrias. E são elas, nossas narrativas íntimas, a prima matéria da psicoterapia. Nossas histórias amalgamam nosso Eu. Somos constituídos delas e de inúmeros relatos lidos, ouvidos, herdados. Diz Hillman, em seu livro *Ficções que curam*, que somos as histórias que contamos, ou melhor, somos o modo como contamos nossas histórias.

É sobre as histórias de que trata este trabalho. Sobre a estreita relação que podemos estabelecer entre o campo da psicologia e o da literatura, em especial o da criação literária. Partindo dessa relação entre o fazer narrativo como arte e o fazer narrativo como caminho terapêutico, procuro acender luzes que nos instiguem e nos convidem a olhar nossa prática clínica sob um novo ângulo. A literatura, afirma Andruetto, nos propõe inquietação, insatisfação, intempérie. Em seu território de invenções, de mentiras, nos apresenta verdades. E o que podemos dizer da psicoterapia e suas provocações? E das histórias que cada paciente nos conta? Também não estão elas no âmbito das verdades e das mentiras?

Neste estudo, proponho – como um abraço, como um encontro amoroso – um passeio pelo universo poético da clínica analítica, tendo como conceito norteador a ideia de que tanto a psicologia quanto a literatura são uma espécie de farol que nos auxilia na compreensão dos sentidos da alma. Alma como o mais profundo de nós mesmos. Nesse campo, onde o verdadeiro e o ficcional se fundem, estão também postas as nossas imagens arquetípicas, que nos permitem encontrar, no geral, o nosso singular. Os romances, assim como as narrativas clínicas, carregam, em seu íntimo, em seu ínfimo, o infinito particular.

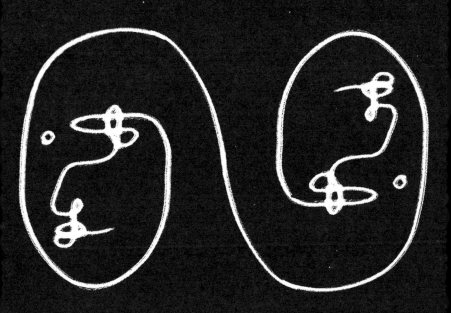

"A verdade verdadeira
é sempre inverossímil."
Dostoievski

Sem dúvida, psicologia e literatura partilham uma ampl
ronteira e guardam inter-relações significativas. O poe
ingidor, nos diz Fernando Pessoa. Fingidor porque apre
omo seu o que parece pertencer a um outro. Ou a tant
Expressa e comprova, com profunda sensibilidade, que
la alma são arquetípicas. Elas são universais e dizem r
nossa própria condição humana de existir. Os escrito
om suas antenas de sensibilidade, captam e transform
m histórias diversas, essa riqueza arquetípica do viver
ssa capacidade de ocupar um espaço intermediário e
ercepção externa e a percepção inconsciente, podem
ara os processos de criação artística como meios de i
obre a natureza da psique. Entretanto, embora seja es
onexão entre esses dois campos, essa relação não pa
econhecida dentro dos estudos da prática clínica, que
istoricamente, para a necessidade de garantir à psico
m lugar de autoridade científica, aproximando-a, assi
nedicina e de toda premência de objetividade, de verif
e mensuração que ela impunha. Embora saibamos qu
las artes e o da psicologia possuem uma mesma gênes
lma humana – ainda não constam, nos currículos esco
las faculdades de psicologia, disciplinas que se aprofu
ema da criação artística, dando a ela o valor de referê
ensino e aprendizado da clínica. O corpo docente das
e psicologia está repleto de médicos, neurocientistas
nesmo, advogados. Desconheço, contudo, entre eles, p
omancistas ou artistas plásticos. Este trabalho busca
ncontro. Entendo que é hora de nós, analistas, aprend
om os artistas – neste caso, elegemos os escritores –
nétodos. Vamos, então, na direção contrária do mito c
ara penetrar no obscuro mundo daqueles que se aven

Literatura como psicologia, psicologia como literatura

Somos feitos de histórias. Cada pessoa é um conto que se conta no fio do tempo da existência. Um livro inacabado. Onde, em cada história, há uma possibilidade humana. E, em cada ser humano, múltiplas possibilidades de histórias. Única, atípica, singular. Somos, inconscientemente, contadores de histórias que tecem um sentido para a vida na medida em que se narra. E nessa narrativa pessoal, onde se conta e reconta, vamos construindo uma identidade, uma historiobiografia onde somos coautores com necessidade profunda de conhecer-se para melhor dialogar com o que nos acontece. Penetrar na história pessoal como quem escreve um romance que vai, aos poucos, revelando a si mesmo e aos outros. Escrever um romance, afirma Hillman (2010), exige a mesma coragem de penetrar na nossa história interior. É aqui, dentro deste vasto campo, que busco uma aproximação entre a literatura e a psicoterapia, uma vez que ambas têm como matéria-prima para a sua atividade a palavra, e como método o exercício da imaginação. Certa, é claro, que, diante da vastidão do tema, não trago a pretensão de esgotá-lo.

A relação entre a literatura e a psicologia, de fato, sempre existiu e continuará existindo, na medida em que ambas têm como vocação, como fonte primária de sua inspiração, os mistérios da alma humana. Utilizarei o termo *alma* entendendo-a como a nossa dimensão mais profunda, ou, tomando emprestado de Hillman (2010), o conceito de alma como aquele desconhecido que forja a experiência e onde reina a imaginação. Uma expressão poética do ser, capaz de provocar um alargamento do nosso existir. E considerando a experiência analítica como esse lugar de cultivo da alma.

> "Aquele que já se tornou não interessa à arte, o que interessa à arte é o estado de transformação, o estado de tornar-se."
> *Clarice Lispector*

Ao mergulhar no universo da literatura a partir da voz de seus autores, descobrimos que eles sempre enxergaram a psicologia na ficção. Literatura e psicologia são territórios que se tocam com a intimidade própria dos amantes. E que sempre estiveram juntas, antes das demarcações impostas pela necessidade de reconhecimento da psicologia como ciência. Sonu Shamdasani nos lembra, na introdução ao *Livro Vermelho*, que, nas primeiras décadas do século XX, havia uma boa dose de experimentação e confluência entre esses universos:

> Demarcações claras entre literatura, arte e psicologia ainda não haviam sido estabelecidas; escritores e artistas emprestavam ideias de psicólogos e vice-versa. Importantes psicólogos, tais como Alfred Binet e Charles Richet, escreveram trabalhos ficcionais e dramáticos [...] Ao mesmo tempo, escritores tais como André Breton e Philippe Souplaut constantemente liam e utilizavam os trabalhos de pesquisadores psíquicos e psicólogos da anormalidade. (Jung, 2015, p. 2)

Os pontos de intersecção entre a literatura e a psicologia analítica são muitos. Os dois grandes ícones da psicologia profunda foram agraciados com prêmios literários: Sigmund Freud, reconhecido, em 1930, pelo prêmio Goethe de Literatura, e Carl Jung, em 1932, com o Prêmio de Literatura do Estado de Zurique.

Freud:
"Constatei que o lugar a que me levaram minhas teorias já havia chegado aos poetas."
(Exposição Instituto Goethe, 2002)

Jung:
"Ninguém entendeu o que eu quis dizer, só um poeta poderia começar a entender."
(Jung, 5 de maio de 1959)

Jung era um amante dos livros. Na juventude, lia tudo que lhe caía às mãos: drama, poesia, ciências naturais, história. A *Odisseia* de Homero e a *Eneida* de Virgilio foram obras que o fascinaram ainda na adolescência, época em que sonhava viver em um castelo onde houvesse uma "biblioteca extraordinariamente atraente, na qual se podia encontrar de tudo o que valia a pena ler" (SHAMDA-SANI, 2014). Por volta dos quinze anos, sua mãe lhe apresentou *Fausto* de Goethe, que o impressionou profundamente, assim como a obra de Schopenhauer e, posteriormente, de Kant. A biblioteca do pai tornou-se pequena para a ambição de saber do Jung, que mergulhou de modo profundo na história de outras culturas, na mitologia, na alquimia e em tantos outros campos do conhecimento. Aos poucos, a biblioteca que habitava seus sonhos foi se tornando realidade. Mais tarde, os encontros com escritores de sua época intensificaram essa troca. Gustavo Meyrink, Thomas Mann, James Joyce e Herman Hesse, entre outros, influenciaram e foram influenciados por ele.

No amadurecimento de sua obra, as expressões artísticas vão se tornando cada vez mais parte de seu corpo teórico na compreensão da realidade psíquica. Parecia evidente, para ele, que a arte continha exemplos claros, em forma estética, da função transcendente, das fantasias inconscientes e da natureza arquetípica. Afirmava: "...a prática da arte é de natureza psicológica e seus produtos são sempre frutos da ativação de imagens inconscientes, embora não possa ser interpretada apenas do ponto de vista psicológico." (JUNG, OC15). Neste trabalho, como já foi mencionado anteriormente, deter-me-ei em uma dessas expressões: a literatura. Porém o enfoque não será o da análise psicológica da obra literária, mas, sim, um olhar sobre os processos psicológicos a partir da experiência literária. Ou seja: aprender, através da literatura e seus autores, um pouco de psicologia.

> [...] por isso, os poetas não podem deixar-nos indiferentes, pois em suas obras principais e em suas inspirações mais profundas eles recolhem do fundo do inconsciente coletivo e proclamam o que os outros apenas sonham. (JUNG, OC 6, p. 189)

Ou, como afirmaria Freud em artigo publicado em 1907:

> Tudo isso nos demonstra que o poeta não pode deixar de ser um pouco psiquiatra, assim como o psiquiatra, um pouco poeta; além disso, é possível tratar poeticamente um tema de psiquiatria, e a obra resultante possuir pleno valor estético e literário. Isto é, com efeito, o que ocorre na obra que nos ocupa, e que é apenas a exposição poética da história de uma doença e de seu acertado tratamento. (LEITE, 2002, p. 25)

> Seria melhor para a psicologia voltar-se diretamente para a literatura em vez de usá-la de forma inadvertida. A literatura foi amistosa, incorporando abertamente muito da psicanálise. Os envolvidos com a literatura veem psicologia na ficção. É nossa vez de ver ficção na psicologia. (HILLMAN, 2010, p. 34)

Sem dúvida, psicologia e literatura partilham uma ampla fronteira e guardam inter-relações significativas. O poeta é um fingidor, nos diz Fernando Pessoa. Fingidor porque apresenta como seu o que parece pertencer a um outro. Ou a tantos outros. Expressa e comprova, com profunda sensibilidade, que as dores da alma são arquetípicas. Elas são universais e dizem respeito a nossa própria condição humana de existir. Os escritores, com suas antenas de sensibilidade, captam e transformam, em histórias diversas, essa riqueza arquetípica do viver. Com essa capacidade de ocupar um espaço intermediário entre a percepção externa e a percepção inconsciente, podemos olhar para os processos de criação artística como meios de inferir sobre a natureza da psique. Entretanto, embora seja estreita a conexão entre esses dois campos, essa relação não parece ser reconhecida dentro dos estudos da prática clínica, que se voltou, historicamente, para a necessidade de garantir à psicologia um lugar de autoridade científica, aproximando-a, assim, da medicina e de toda premência de objetividade, de verificação e de mensuração que ela impunha. Embora saibamos que o campo das artes e o da psicologia possuem uma mesma gênese – a alma humana – ainda não constam, nos currículos escolares das faculdades de psicologia, disciplinas que se aprofundem no tema da criação artística, dando a ela o valor de referência para o ensino e aprendizado da clínica. O corpo docente das escolas de psicologia está repleto de médicos, neurocientistas e, até mesmo, advogados. Desconheço, contudo, entre eles, poetas, romancistas ou artistas plásticos. Este trabalho busca esse encontro. Entendo que é hora de nós, analistas, aprendermos com os artistas – neste caso, elegemos os escritores – e seus métodos. Vamos, então, na direção contrária do mito científico para penetrar no obscuro mundo daqueles que se aventuram no confronto consigo mesmo e conseguem dar ao comportamento humano uma descrição que a psicologia busca compreender. De modo menos radical, buscarei seguir a orientação do psicologo Rollo May,

> Por isso, muitos fizemos a estranha descoberta, quando estudantes universitários, de que aprendíamos muito mais psicologia, isto é, aprendíamos muito mais a respeito do homem e de sua experiência, nos cursos de literatura do que nos de psicologia… Da mesma forma, quando agora os estudantes me escrevem, dizendo que pretendem ser psicanalistas, e pedem conselho quanto aos cursos que devem fazer, digo-lhes que se formem em literatura e humanidades, e

> não em biologia, psicologia ou cursos pré-mé-
> dicos. (DANTE, 2002, p. 17)

A escrita literária, poética, é, para muitos, uma destinação, em que o caminho é construído no diálogo constante com partes de si mesmos, que estão além do próprio horizonte. Uma espécie de semente do carvalho (HILLMAN), que se expressa com a força imperativa, e, por diversas vezes, leva a um sentimento de solidão e desadaptação ao mundo, similares ao que experimentamos diante do chamado à individuação. Uma experiência que nos leva a conectar com o nosso estrangeiro e, muitas vezes, aquilo que pensávamos conhecer ressurge como se não o conhecêssemos.

Rosa Montero:
Quero dizer que escrevemos na escuridão, sem mapas, sem bussola, sem sinais reconhecíveis do caminho. Escrever é flutuar no vazio. (MONTERO, 2004, p. 72).

Rudyard Kipling:
Quando seu *daimon* estiver no leme, não tentem pensar conscientemente. Fiquem à deriva, esperem e obedeçam. (MONTERO, 2004, p. 38).

Manoel de Barros:
Encontro estímulo para escrever em mim mesmo. Na necessidade de ser. [...] nos meus armazenamentos ancestrais. São eles que me impulsionam e me comandam. E pedem para sair de dentro de mim. (BARROS, 2010, p. 89)

Helene Cixous:
Escrevo porque tenho que escrever. Preciso escrever como preciso comer, como preciso dormir, como preciso fazer amor. É como um segundo coração. Sinto que, escrevendo, eu me renovo continuamente, e me recarrego de forças vitais. Preciso intensamente do movimento que vai do corpo ao símbolo, do símbolo ao corpo; para mim as duas coisas são intrinsecamente ligadas. (MACHADO, 2004, p. 39)

Essa entrega dá medo e, muitas vezes, é involuntária. O mesmo medo que sentimos quando buscamos nos tornar conscientes de nós mesmos. Penetrar num reino desconhecido, tal qual a amplidão indeterminada da psique inconsciente, implica correr certos riscos. As vias de acesso são muitas. Narrar as nossas histórias de vida é uma delas. É um ato psicológico, em que reside o logos da psique, o conto ou canto da alma, marcado pelo encontro com nossas figuras da imaginação. Jung, após o mergulho profundo na experiência de enfrentamento com o inconsciente, aprofundou a ideia de que a psique é criativa, plural e mitopoética, e de que somos o que não sabemos que somos. E a certeza de que, dentro de nós, somos muitos. Sim, somos um baú carregado de gente, e o Eu, um movimento na multidão.

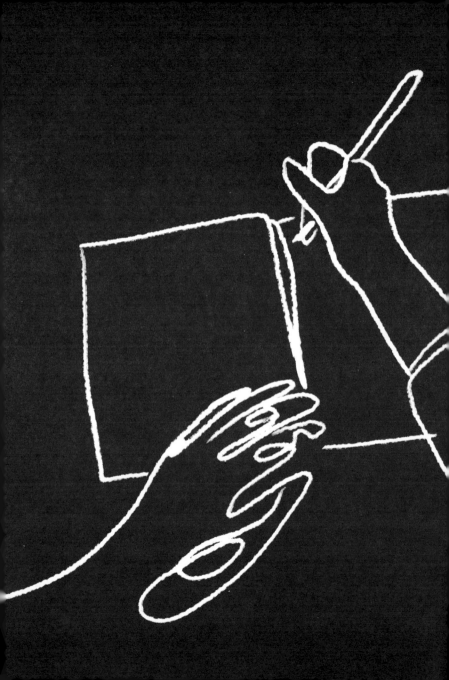

" Toda biografia
é um romance.**"**

Mário Claudio

Sem dúvida, psicologia e literatura partilham uma amp
ronteira e guardam inter-relações significativas. O poe
ingidor, nos diz Fernando Pessoa. Fingidor porque apr
como seu o que parece pertencer a um outro. Ou a tan
Expressa e comprova, com profunda sensibilidade, que
da alma são arquetípicas. Elas são universais e dizem
a nossa própria condição humana de existir. Os escrito
com suas antenas de sensibilidade, captam e transforr
em histórias diversas, essa riqueza arquetípica do vive
essa capacidade de ocupar um espaço intermediário e
percepção externa e a percepção inconsciente, podem
para os processos de criação artística como meios de
sobre a natureza da psique. Entretanto, embora seja es
conexão entre esses dois campos, essa relação não pa
econhecida dentro dos estudos da prática clínica, que
historicamente, para a necessidade de garantir à psico
m lugar de autoridade científica, aproximando-a, assi
medicina e de toda premência de objetividade, de verit
e mensuração que ela impunha. Embora saibamos qu
as artes e o da psicologia possuem uma mesma gêne
lma humana – ainda não constam, nos currículos esco
as faculdades de psicologia, disciplinas que se aprofu
ema da criação artística, dando a ela o valor de referê
ensino e aprendizado da clínica. O corpo docente da
e psicologia está repleto de médicos, neurocientistas
mesmo, advogados. Desconheço, contudo, entre eles,
omancistas ou artistas plásticos. Este trabalho busca
ncontro. Entendo que é hora de nós, analistas, aprenc
om os artistas – neste caso, elegemos os escritores –
métodos. Vamos, então, na direção contrária do mito c
ara penetrar no obscuro mundo daqueles que se aver

O espaço analítico como espaço literário

Assim como as aranhas tecem, nós, humanos, narramos. Em todas as culturas, em todos os credos, as histórias sempre exerceram um papel primordial. Na antiga tradição oriental Sufi, por exemplo, a sabedoria se alojava nas histórias, e só elas salvavam da loucura. Quando uma pessoa enlouquecia, convocavam contadores de histórias para curá-la. Eles se revezavam contando histórias e mais histórias, até que ela recuperasse a lucidez. (PRIETO, 1999). A mesma ideia de cura pelas histórias pode ser encontrada também na clássica narrativa das *Mil e Uma Noites*. Fragmentos desses contos datam do século IX, e contam a história de um rei que enlouquece ao ser traído pela esposa e passa a alimentar um ódio assassino contra as mulheres. Mas, ao se casar com Sherazade, tudo muda. A arma de Sherazade para sobreviver ao desejo feminicida do rei são as histórias que lhe são narradas noite após noite.

Muitas noites, Sherazade contou sobre traições conjugais e infidelidade, tanto de homens como de mulheres, como se dissesse ao rei que a infidelidade faz parte da vida; outras histórias mostravam exemplos de constância, como para lembrar a ele que a fidelidade era possível. Um bom número de histórias girava em torno de reis bons, sobretudo Harun al-Rashid, o famoso califa de Bagdá, como se implorasse ao rei para se tornar um bom governante novamente.

[...] o rei se curou, desistiu de sua vingança e se casou com Sherazade, que se mudou para o palácio com toda a sua biblioteca. (PUCHNER, 2019, p. 164)

As narrativas sempre foram formas de nos ajudar na compreensão do mundo, de compartilhar a experiência humana e um destino comum. Através das histórias, podemos olhar o que nos aterroriza, pois elas, carregadas de imagens simbólicas e arquetípicas, possibilitam uma via de acesso para nossas reflexões mais profundas. Nascemos numa rede de histórias, imaginadas no nosso preexistir. E seguimos construindo nossa narrativa íntima, através desse fio de eventos que chamamos vida. Elas constroem a biografia de uma vida. Um sentido de ser.

> Se desejamos saber a respeito de um homem, perguntamos qual a sua história – sua história real, mais íntima? Pois cada um de nós é uma biografia, uma história. Cada um de nós é uma narrativa singular que, de modo contínuo, inconsciente, é construída por nós, por meio de nós e em nós – por meio de nossas percepções, sentimentos, pensamentos, ações e, não menos importante, por nosso discurso, nossas narrativas faladas. (SACKS, 1985, p. 277)

Essa necessidade de narrar-se, portanto, se apresenta como uma condição arquetípica. Narrar como forma de compartilhar. Narrar como modo de conhecer-se. Narrar para transformar--se, acrescentando algo de novo. Em torno das fogueiras, em confessionários ou nos consultórios de psicoterapia, narramos como uma tentativa de transcender o reduto asfixiante da nossa vida real, porque, como afirma o escritor Vargas Llosa: "A vida real, a vida verdadeira, nunca foi nem será suficiente para satisfazer os desejos humanos". Somos sujeitos da linguagem. E essa capacidade de registrar simbolicamente algo sobre nós mesmos, sobre nossa vida, sobre a vida que acontece em nosso entorno, sobre a vida coletiva, é o que nos diferencia como espécie.

> "Toda dor pode ser suportada se sobre ela se puder contar uma história."
>
> *Hanna Arendt*

Se as histórias e a escuta das histórias, em muitas culturas antigas, eram vistas como atividades curativas, no início do século XX, com o surgimento da psicanálise, em estudos desenvolvidos por Freud e Jung, elas ganham uma validação científica. O trabalho da psicologia profunda, afirma Hillman, pertence mais particularmente à *retórica da poesis*, ou seja, ao poder persuasivo de imaginar em palavras, uma habilidade de falar, ouvir, escrever e ler. Falar, escutar e elaborar. Porém, ser narrador de si mesmo não é uma tarefa simples. É um aprendizado árduo, que busca compreender a própria vida enquanto a vida acontece. Na terapia, contamos nossas histórias de vida, tecidas na sucessão de eventos, que aqui defino através das palavras do personagem Doutor Cardoso, no romance *Afirma Pereira*, do escritor Antonio Tabucchi.

> [...] o evento é um acontecimento concreto que se verifica em nossa vida e que transtorna ou perturba nossas convicções e nosso equilíbrio, enfim, o evento é um fato que se produz na vida real e que influi a vida psíquica... (TABUCCHI, 2013, p. 89)

Os sonhos, as narrativas confessionais, as histórias mais cotidianas nos comprovam a natureza mitopoética da psique. Cada paciente nos oferece uma série de contos sobre seu viver, criando elos entre passado e presente, e, assim, a vida vai sendo apresentada na profusão de histórias em andamento. Algumas supostamente concluídas, outras em movimento. E, no espaço da psicoterapia, novas versões sobre os fatos vão sendo reescritas, de modo a tornar o espaço da análise um lugar de construção de novas histórias, possibilitando uma maior flexibilidade afetiva, e, evidentemente, psíquica.

Desse modo, pensar o espaço clínico como espaço literário parece ganhar todo um sentido. Os projetos da literatura e da psicologia se assemelham em muitos aspectos. Ambos têm como prima matéria a alma humana e, nas narrativas, um território de acessibilidade aos mistérios da alma. A realidade psíquica – como os sonhos – se assemelha a romances, obras poéticas que nascem de um lugar profundo, um mundo saturnal onde reina a fantasia. Nesse sentido, podemos encontrar, na feitura dos romances, uma inspiração para a prática clínica. A clínica constitui lugar de acolhimento para nossas narrativas mais íntimas, como um convite para olhar a expressão da alma através de nossos dramas e tramas. Um lugar para historiar e re-historiar novos enredos. E os romances, como retratos dessa pluralidade psíquica, são expressos em suas variadas ficções. São organizados em enredos, numa corrente fluida de fatos linguisticamente elaborados de acordo com a experiência do narrador, articulados em sequências temporais, às vezes lineares, outras truncadas, invertidas ou intercaladas.

Os pontos de interseção são variados, e as possibilidades de estabelecer paralelos como exercício para a compreensão e aprendizado da nossa prática como analistas são vastas. Do estilo literário ao exercício ficcional, encontramos pontos de ancoragem e reflexão. Ao observar o discurso da psicoterapia, por exemplo, noto uma possibilidade análoga a um dos mais antigos gêneros literários: a autobiografia. Caracterizada pelas histórias confessionais que ganharam, a partir do século XVIII, um *status* de literatura, a autobiografia se tornou, ao longo dos tempos, um produto de consumo e destaque nas prateleiras das livrarias, embora o instinto autobiográfico já existisse antes mesmo da escrita. Desde as obras-primas, como *As Confissões* de Santo Agostinho, redigidas no século IV, entre a Antiguidade e Idade Média, uma torrente de autobiografias são lançadas anualmente, atraindo, cada vez mais, o interesse do leitor, que se vê, muitas vezes, identificado com esse autor que, falando de si, desnuda sua vida e cria uma empatia com aquele que o lê.

> [...] o autor de uma autobiografia, para a realização de seu projeto autobiográfico, deve recompor a unidade de sua vida através do tempo, revelando o autorreconhecimento, devido à possibilidade de reconstituição e de decodificação dessa vida em sua globalidade. Assim, ao relatar sua história, o indivíduo chega a si mesmo, situa-se como é, na perspectiva do que foi. (REMÉDIOS, 1997, p. 12)

A literatura confessional, assim como a psicoterapia, está centrada no sujeito, tornando-o objeto de seu próprio discurso, que conta a memória. Mas acessar a memória implica ir além do simples recordar de fatos, uma vez que ela constitui o que guardamos do que imaginamos ter vivido. Ao recordar a própria vida, nós a recriamos. Memória e imaginação fundem-se, acrescentando ao Eu vivido um segundo Eu, que se apresenta tecido pela multiplicidade psíquica.

> Os eventos da vida precisam ser arranjados numa história para lidarmos com eles. Nosso bom senso, diz Hannah Arendt, precisa dos fatos encadeados com começo, meio e fim. Por isso, é mais fácil acreditar num mentiroso, que nos prepara uma história bem construída, com eventos e situações que se encaixam perfeitamente numa trama plausível, do que acreditar num contador de verdade. A realidade é sempre cheia de falhas, de ângulos distorcidos, de contradições e coerências. (CRITELLI, 2015, p. 32)

Essa cadeia de acontecimentos, relatos cotidianos, imagens e memórias vão se tornar construtores de nossa identidade. Mas, à medida que inventamos nossas lembranças, que são construídas

"A memória é uma ilha de edição."
Wally Salomão

a partir da leitura subjetiva da experiência, inventamos uma identidade atrelada a uma biografia de vida, sustentada numa única versão da história: a impressão subjetiva dos fatos. Assim, inventamos a nós mesmos. A ideia que fazemos de nós mesmos. Entretanto, essa biografia de vida é composta de uma malha onde se mesclam e se fundem os acontecimentos históricos e também psicológicos, criando uma realidade psíquica imaginada, ou melhor, ficcionada. A memória é o substrato de toda a narrativa autobiográfica. E ela, afirma Hilmman:

> [...] não só registra, ela também confabula, isto é, cria acontecimentos imaginários, eventos inteiramente psíquicos. A memória é o elemento que a imaginação pode tomar emprestado, a fim

> de fazerem suas imagens personificadas perce-
> berem-se completamente reais. (HILLMAN,
> 2010, p. 72)

É simples compreender isso quando nos lembramos de nossa infância. Nossa lembrança de um determinado fato é completamente diferente da versão de nossos irmãos. Inconscientemente, inventamos nossas lembranças, inventando a nós mesmos. "O vivido só pulsa misturado ao inventado", afirma a escritora e psicanalista, Livia Garcia Roza. O que chamamos de real, portanto, é o modo como imaginamos nossa vida. Entretanto, esses relatos sobre nós mesmos não construímos sozinhos, na solidão, mas na constante relação com outros, desde que chegamos ao mundo. Nossas falas, nossas memórias, estão repletas de expressões que nos atravessam transgeracionalmente. Nossos antepassados, assim como nossos contemporâneos, nos tecem, sem que, muitas e muitas vezes, nos demos conta.

> [...] nossa memória é, na verdade, um invento, uma história que reescrevemos a cada dia (o que lembro hoje da minha infância não é o que eu lembrava há vinte anos); o que significa que nossa identidade também é fictícia, já que se ba-

> seia na memória. Sem essa memória que completa e reconstrói o nosso passado e que outorga ao caos da vida uma aparência de sentido, a existência seria enlouquecedora e insuportável, puro ruído e fúria. (MONTERO, 2019, p. 104)

Toda essa consciência dialógica e ficcional de uma biografia está viva na essência da psicologia analítica. *Memórias, sonhos e reflexões*, autobiografia de Carl G. Jung, é um dos mais importantes legados que o autor nos oferece para a compreensão de seu pensamento teórico. Ao recuperar a história de sua vida, ele termina por fazer mais do que simplesmente recuperar fatos. Ele nos oferece a expressão de seu interior, realizando uma reflexão profunda sobre sua vida e obra, com um olhar que só é possível num espaço de tempo, podendo, assim, acrescentar à experiência a consciência da experiência. Em *Memórias, sonhos e reflexões*, lemos a aventura de um homem na realização de seu poema existencial, chamado individuação. A psicologia analítica ou psicologia complexa nasce da confissão subjetiva de seu autor, que confessa, a partir da própria experiência, uma condição inventiva e poética da psique.

> Toda psicologia – a minha própria incluída – possui um caráter de confissão subjetiva. Sei

muito bem que toda a palavra que pronuncio traz consigo algo de mim mesmo – do meu eu especial e único – com sua história particular e seu mundo todo próprio. Mesmo ao lidar com dados empíricos, estou falando necessariamente de mim mesmo. (JUNG, O.C. 4 § 774)

Ao trazer, como marca de seu pensamento teórico, seu caráter subjetivo, Jung aproxima a psicoterapia da arte, pois só a arte tem esse poder mágico de conectar-se com o outro, através de camadas distintas, como um território livre de comunhão, com as múltiplas expressões verdadeiras de cada um. Dessa forma, valida seu caráter individual, singular. Já a ciência, afirma Jung, precisa chegar a um denominador comum, pois "trabalha com noções médias, genéricas demais para poder dar uma ideia justa da riqueza múltipla e subjetiva de uma vida individual." (MSR, p. 25). Da experiência profunda, dolorosa e pessoal de confronto com o inconsciente, Jung pare a psicologia analítica ou complexa, e oferece, como produto para a compreensão de suas elaborações teóricas, o *Livro Vermelho*, que, como bem afirma Sonu Shamdasani, constitui um trabalho de psicologia em formato literário. Uma elaboração lírica, onde ele usou a linguagem da literatura para descrever o que lhe acontecia.

Assim como aconteceu na realização de sua autobiografia, na qual a abstenção da escrita lhe causava mal-estar, muitos escritores afirmam não saber porque escrevem. Escrevem porque não podem deixar de escrever. Cedem à sua condição de possuídos. Uma condição experimentada por Jung quando, no confronto com o inconsciente, registrou as fantasias e os diálogos com as figuras da imaginação que lhe eram apresentadas na vivência de seu processo, iniciado em 1913, após o rompimento com Freud. Algo intenso, compulsivo, mostrando a força do impulso criativo que brota do inconsciente. Algo que deixa de ser escolha para ceder a uma condição de submissão à necessidade da alma. Foram anos dedicados às suas imagens interiores, onde toda sua vida ganhou novos significados, uma entrega que gerou "a matéria-prima para uma vida inteira." (MSR, 2019).

A experiência vivenciada por Jung, e experimentada como chamado por muitos de nós, se assemelha à força de natureza criativa que se apossa do artista, impondo, muitas vezes, tal qual ele experimentou, a perda da soberania do ego diante da força da experiência psíquica.

A obra inédita na alma do artista é uma força da natureza que se impõe ou com a tirânica violência, ou com aquela astúcia sutil da finalidade natural, sem se incomodar com o bem pessoal do ser humano que é o veículo da criatividade.

[...] Portanto, o poeta que se identifica com o processo criativo é aquele que diz sim, logo que ameaçado por um "imperativo" inconsciente. Mas aquele que se defronta com a criatividade como força quase estranha não pode, por algum motivo, dizer sim, é pego de surpresa pelo "imperativo". (JUNG, O.C. 15, p. 75)

Podemos comparar esse exercício, essa atitude que os poetas, os romancistas, parecem praticar constantemente – dizer sim à força inconsciente sem se deixar devorar por ela – à que experimentamos diante do chamado da vida à nossa jornada de individuação. São movimentos que nos levam, muitas vezes, a estados de profundo sofrimento por resistirmos à condição de desequilíbrio e desadaptação que a experiência impõe. Jung, em seus estudos do processo de criação dos artistas, identifica, entre eles, dois gêneros distintos de ação: os extrovertidos e os introvertidos. Os extrovertidos são caracterizados como maestros mais conscientes e com mais critérios de distanciamento para a pulsão do objeto. Já os introvertidos estariam subordinados ao objeto, navegando à deriva. Entretanto, para provar que a nenhum escapa a força imperativa do inconsciente, ressalta:

> Com o poeta aparentemente consciente e em pleno gozo de sua liberdade que produz por si mesmo e cria o que quer, pode acontecer o seguinte: que este poeta, apesar de consciente, esteja absorvido de tal modo pelo impulso criativo, que já nem possa lembrar-se de outra vontade; assim como o outro tipo que não consegue sentir diretamente sua própria vontade na inspiração que se apresenta como alheia, embora o si mesmo fale diretamente por ele. (JUNG, O.C. 15, p. 75)

Essa força que se impõe à revelia do Ego, muitas vezes em oposição a ele, Jung denominou complexo autônomo, que atua proporcionalmente ao nosso estado de inconsciência e (ou) de resistência. Mas, diante de sua força, o Ego fracassa. Rebaixa. Curva-se. E é nesse momento, quando algo na vida parece não funcionar, quando algumas estruturas, crenças ou ideias já não se sustentam, que buscamos a psicoterapia. Ela nasce como uma saída, diante da ausência de saída. Inicialmente com a ingênua perspectiva de resolver a crise e seguir sem grandes transformações. O paciente chega, portanto, preso a sua verdade, fixado a uma ficção. A psicoterapia, dentro da perspectiva analitica, abrirá espaço para a construção de novas ficções, ajudará a dizer "sim", ao chamado de seu processo de individuação, ao chamado criativo de sua alma.

> "A vida interior é um
> campo de batalha."
>
> *Domenico Startone*

Tentamos entender, ou melhor, decifrar o desejo da alma. Mas, o que quer a alma? Difícil saber. Talvez uma vida inteira não seja o suficiente para atender a essa questão. No entanto, ela é fundamental para todos nós, analistas. O desejo da alma, tal qual uma bússola em alto mar, nos orienta, nos localiza, como se nos apontasse, mesmo quando estamos à deriva, o caminho a seguir. A nossa bússola é a palavra-imagem. A realidade psíquica. Assim, também podemos pensar o movimento da escrita como uma imposição ao poeta, que, sem saída, se submete ao ato de escrever. E, ao escrever, ao narrar, revelam-se novas verdades.

Penetrar nas engrenagens do ato de escrever serve como um modelo didático para a vivência de nosso processo de individuação, visto aqui como uma trajetória, um movimento de saída de uma posição unilateral de um Ego Heroico para uma consciência mais flexível de um Ego Imaginal. Um movimento que assusta porque impulsiona em direção ao desconhecido que cada um carrega dentro de si. Que se apresenta, muitas vezes, como destino, outras como necessidade interior, expressa quase sempre por nossos sintomas. Ao afirmar que nossas doenças se tornaram nossos deuses, Jung reposiciona a condição patológica do sintoma para uma condição poética, metafórica. Assim como não conhecemos, previamente, a direção de nosso chamado, muitos escritores afirmam não saber porque escrevem, embora não possam deixar de escrever.

José Mendonça Teles:
Não sei porque escrevo. Não seria capaz de dizer. Por necessidade, talvez algo orgânico, inorgânico que vem e me obriga a isso. Gostaria de não escrever, gostaria de ser burro, de ser analfabeto. Talvez assim fosse feliz... (RICCIARDI, 2008, p. 22)

Murilo Rubião:
[…] por maldição, porque não há outra maneira. Não está em mim… Se nascesse novamente, não escaparia da maldição. (RICCIARDI, 2008, 22)

Dias Gomes:
Na verdade, o que vem primeiro não é a ideia, nem a história ou os personagens. [...] Vem aquela angústia, aquela necessidade compulsiva que me leva a um estado de infelicidade, a um descontentamento comigo mesmo insuportável. Fico chato, desagradável com as pessoas que mais estimo, caio num mau humor terrível, nem sei como minha mulher me atura. É uma espécie de doença, que parece levar ao suicídio ou à loucura. Aquela coisa martelando na minha cabeça dia e noite: "eu tenho que escrever uma peça, eu tenho que escrever uma peça, eu tenho que escrever uma peça. Ou escrevo ou morro". E, de repente, tudo passa: começo a escrever. (STEEN, 2008, p. 101)

Ferreira Gullar:
A poesia quando chega de qualquer dos seus abismos, não respeita nem pai nem mãe. (CHIODETTO, 2002, p. 28)

Submeter-se à realidade psíquica é, muitas vezes, um dissabor, compensado pelo produto dessa criatividade, que nasce da tessitura da memória e da imaginação. O escritor é aquele que joga luz às imagens do inconsciente coletivo, acendendo, para nós, o obscuro mistério da vida. Somos, afirma Vargas Llosa, "seres mutilados a quem foi imposta a atroz dicotomia de ter uma única vida, e os apetites e a fantasia de desejar outras mil." O escritor recorre ao mundo narrativo para salvar-se. E, ao salvar-se, lança uma boia em nossa direção. A psicologia analítica, ao olhar o sujeito como um território plural, nos aponta uma lógica poética para a psique e um método para a atuação clínica: a fabulação criativa com as figuras de nossa imaginação.

Se os escritores conscientemente mentem, dizendo verdades, podemos pensar que os pacientes dizem a verdade, quando, inconscientemente, mentem. Ao pensarem que seus relatos são reais, incorrem no perigo de se fixar numa única versão da história. A terapia convida a um exercício de imaginação. A polifonia da alma, portanto, nos encerra num universo ficcional. E nos convida a perambular pelo mundo da imaginação, tecido através das palavras, reimaginando novas versões, como um caleidoscópio de histórias. Ao acreditar numa base poética para a psique, damos, à prática clínica, um lugar de aproximação com a imaginação e a fantasia, e, portanto, com a essência da literatura. Em ambas, a personificação como expressão dessa natureza imaginativa é fundamental.

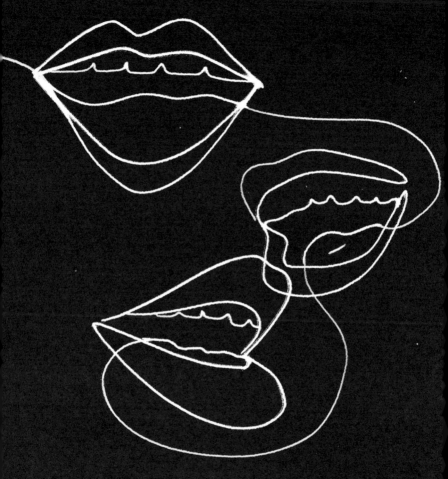

"Os delírios verbais me terapeutam."
Manoel de Barros

em dúvida, psicologia e literatura partilham uma ampl
onteira e guardam inter-relações significativas. O poe
ngidor, nos diz Fernando Pessoa. Fingidor porque apr
omo seu o que parece pertencer a um outro. Ou a tant
xpressa e comprova, com profunda sensibilidade, que
a alma são arquetípicas. Elas são universais e dizem r
nossa própria condição humana de existir. Os escrito
om suas antenas de sensibilidade, captam e transforn
m histórias diversas, essa riqueza arquetípica do vive
ssa capacidade de ocupar um espaço intermediário e
ercepção externa e a percepção inconsciente, podem
ara os processos de criação artística como meios de i
obre a natureza da psique. Entretanto, embora seja es
onexão entre esses dois campos, essa relação não pa
econhecida dentro dos estudos da prática clínica, que
istoricamente, para a necessidade de garantir à psico
m lugar de autoridade científica, aproximando-a, assi
edicina e de toda premência de objetividade, de verif
e mensuração que ela impunha. Embora saibamos qu
as artes e o da psicologia possuem uma mesma gêne
lma humana – ainda não constam, nos currículos esc
as faculdades de psicologia, disciplinas que se aprofu
ema da criação artística, dando a ela o valor de referê
ensino e aprendizado da clínica. O corpo docente da
e psicologia está repleto de médicos, neurocientistas
esmo, advogados. Desconheço, contudo, entre eles,
omancistas ou artistas plásticos. Este trabalho busca
ncontro. Entendo que é hora de nós, analistas, aprenc
om os artistas – neste caso, elegemos os escritores –
étodos. Vamos, então, na direção contrária do mito c
ara penetrar no obscuro mundo daqueles que se ave

A imaginação como método

Desde os tempos de criança, me impressionava olhar o mundo e observar como nós, humanos, podíamos ser tão diferentes, sendo iguais. Na perspectiva infantil, ignorava o mosaico de possibilidades de combinações genéticas que nos torna indivíduos distintos, dessemelhantes nas nossas semelhanças. Anos mais tarde, descobri que essa pluralidade também habitava nosso íntimo. E, através da psicologia analítica, encontrei um *corpus* clínico e teórico para aquilo que os poetas já afirmavam: a ideia de que, dentro de nós, somos muitos. E lidar com essa pluralidade que nos habita, dentro e fora, não é tarefa fácil.

Todos nós nascemos poetas. Cada um carrega dentro de si o extraordinário, aquilo que nos torna únicos, singulares. Uma condição ímpar, que marca o nosso próprio desafio existencial. Ir ao encontro de nosso extraordinário, de nosso poema, é seguir a trilha proposta pelo aforismo grego, *conhece-te a ti mesmo*. Um movimento de curiosidade sobre quem se é, que Jung chamou de individuação. Um movimento que nos leva a adentrar em um território inexplorado, de diferenciação, construindo a passagem do conhecido para o desconhecido. A psicoterapia acontece nesse espaço intermediário. É o lugar onde apoiamos essa trajetória e transformamos as narrativas de eventos ordinários, cotidianos, em experiência de valor, reavaliando crenças estabelecidas que nos modelam naquilo que imaginamos ser. Um lugar de cultivo da alma, onde tentamos acessar os múltiplos fios de cada história, de modo a nos libertar do perigo de ficar fixados numa única versão de nós mesmos.

E quem forja a experiência é a alma. É a alma que nos permite penetrar com profundidade nas coisas, interiorizar-se para dialogar com nossa vastidão. Aqui reside, a meu ver, a essência da psicologia analítica elaborada a partir da experiência "almada" de seu autor, que verificou, por observação e ensaio, os elementos essenciais para seu pensamento teórico. Elejo e destaco alguns desses pressupostos que me parecem fundamentais para a elaboração deste trabalho: a) nós não somos os criadores de nossas ideias, mas apenas seus porta-vozes; b) o psiquismo se apresenta à consciência estruturado como um drama e é constituído de uma pluralidade de tendências, de tensões e inclinações, muitas vezes contrárias à expectativa do Ego; c) somos constituídos de uma legião de pessoas psíquicas com vontades autônomas, em que diferentes vozes se expressam; d) o processo de individuação consiste num movimento sofrido de desadaptação, regressão, expansão e transformação da personalidade para uma nova readaptação, em que o diálogo é a via para alcançar novos pontos de vista, podendo, assim, flexibilizar a visão unilateral da consciência.

"Nossa vida é nossa primeira ficção."
Eliane Brum

Se admitirmos que, dentro de nós, somos muitos, o diálogo torna-se essencial para conhecer-se. Dialogar como forma de transcender a tensão de opostos que movimentam a energia psíquica. Dialogar como forma de acessar e conhecer nossa legião estrangeira, evitando, assim, ser devorado por ela. A posição dialógica é fundamental para a psicologia analítica e se expressa no próprio desenho do *setting* analítico, onde paciente e analista sentam frente a frente e estabelecem uma interação entre eles como seres inteiros, não subtraindo a personalidade do analista. Um encontro onde ambos se deixam afetar, num processo que catalisa o espaço analítico como um vaso de metamorfoses.

> O encontro de duas personalidades é como a mistura de duas substâncias químicas diferentes: no caso de se dar uma reação, ambos se transformam. (JUNG, O.C. 16/1, p. 85)

Essa capacidade de dialogar com essas vidas ocultas que nos habitam se apresentou precocemente na vida de Jung. Como um *daimon* apontando a direção para o que mais tarde fundaria o seu pensamento clínico, Jung experimentou a força e a tensão da pluralidade psíquica. Ainda na adolescência, via-se composto de duas personalidades, com concepções divergentes sobre si mesmo.

> ... o nº 1 encarava minha personalidade nº 2 como a de um jovem pouco simpático e medianamente dotado, com reivindicações ambiciosas, um temperamento descontrolado, maneiras duvidosas, ora ingenuamente entusiasta, ora puerilmente de-

cepcionado; no fundo um obscurantista afastado do mundo. O nº 2 considerava o nº 1 como aquele que encarnava um dever moral difícil e ingrato, uma espécie de tarefa que deveria ser cumprida de qualquer forma e que se tornara mais difícil devido a uma série de defeitos: preguiça esporádica, falta de coragem, depressão, entusiasmo inepto por ideias e coisas que ninguém apreciava, amizades imaginárias, estreiteza de espírito, preconceitos, estupidez, falta de compreensão com outros, confusão e desordem no que diz respeito à visão de mundo; além disso, não era nem cristão, nem nada. (JUNG, 2019, p. 101)

Esse sentimento de duplo é experimentado por muitos. Mas, sem dúvida, os escritores, profissionais do território ficcional, embora não minimizem a dificuldade e a angústia no estabelecimento desse processo dialógico, o assumem como uma condição natural de ser. Trago, aqui, o exemplo do escritor baiano João Ubaldo Ribeiro que afirmava viverem, dentro dele, dois Ubaldos: o pequeno e o grande. O Grande Ubaldo era um cara legal, que gostava de uma vida boa, mas o Pequeno Ubaldo era um daqueles chatos que cobra o tempo todo. Fala "olha o tempo passando, você ainda não escreveu nada". A briga entre os dois, às vezes, ficava séria. Para resolver esse problema, contava o autor do romance *Viva o Povo Brasileiro*, passou a escrever três laudas por dia. Uma meta mínima para aquietar o Pequeno Ubaldo e, assim, poder se jogar nos braços do Grande (CHIODETTO, 2002).

Essa característica polifônica da alma vai ser, mais uma vez, reafirmada na trajetória de Jung, a partir do trabalho desenvolvido no hospital de psicóticos e esquizofrênicos de Burgholzli. Com os testes de associação livre de palavras, elabora a teoria dos complexos ou personalidades parciais. A teoria dos complexos, formulada nesse início da carreira, apresentava uma nova posição para o Ego, ao evidenciar que a psique sofre influência de outros centros do pensamento. Os complexos, como personalidades parciais, atuam com uma carga de emoções, afetos e ideias sobre o Ego, e, muitas vezes, identificados a esses personagens psíquicos, atuam na cena da vida sob seu comando.

"A gente escreve o que ouve, nunca o que houve."
Oswald de Andrade

A etiologia desses complexos está na historio-biografia de cada indivíduo, sendo, desse modo, marcas de nossa própria individuação. Esses nós em nós, que chamarei aqui de personagens psíquicos, sabem escapar da vontade do Ego, lhe impondo pensamentos, ideias e estados emocionais indesejáveis. Apresenta-nos a psique como uma confederação de sujeitos independentes, contraditórios, que desafia a força unilateral do consciente. O cultivo da alma passa pela possibilidade de estabelecer uma porosidade psíquica, reconhecendo, que o "*eu, esse mim,* com o qual eu caminho todo o tempo, é, na verdade, uma composição de várias pessoas que vivem na mesma casa." (Hillman, *Lamento do Mortos*). E, para nos colocarmos de modo permeável ao cultivo da alma, na vida imaginal, devemos desenvolver a habilidade de personificar.

> A personificação ajuda a colocar experiências subjetivas "lá fora"; assim, podemos elaborar projeções contra elas e relações com elas. Através da multiplicidade, nos tornamos internamente separados, nos tornamos conscientes de partes distintas.
>
> [...] Esta *separatio* (na linguagem da alquimia) oferece distanciamento interno, como se hou-

> vesse agora mais espaço interior para movimento e para colocar eventos onde antes havia um conglomerado de partes aderidas, ou uma identificação monolítica com cada uma e com o todo, um senso de estar grudado no próprio problema. (HILLMAN, 2010, p. 95)

"A psique cria realidade todos os dias. A única expressão que posso usar para essa atividade é fantasia", afirma Jung (O.C. 6). E onde há fantasia, há personificação. Personificamos, espontaneamente, à noite, quando sonhamos e encenamos nossos dramas. Mas a personificação não é uma experiência psicológica que ocorre apenas na vida onírica. Quando nomeamos, estabelecemos uma separação essencial para olhar parte do que nos habita como um outro. Um trabalho que convoca a imaginação para o palco, como forma ativa de abrir o diálogo com a polifonia da alma.

> Personificar é, portanto, tanto um caminho da experiência psicológica quanto um método para aprender e ordenar essa experiência. (HILLMAN, 2010, p. 106)

Para Jung, esse mergulho profundo na realidade psíquica convoca à abertura para o diálogo com nossas muitas vozes internas, algo que vivenciou, mais intensamente, após o rompimento com Freud. Uma experiência que vai fundamentar e reinaugurar toda sua perspectiva teórica, marcada pela interação com as imagens do inconsciente, registrada nos *Livros Negros* e no *Livro Vermelho*. É desse período, batizado de *Confronto com o Inconsciente*, que renasce sua obra.

> Os anos durante os quais me detive nessas imagens interiores constituíram a época mais importante da minha vida e neles todas as coisas essenciais se decidiram. Foi então que tudo teve início e os detalhes posteriores foram apenas complementos e elucidações. Toda a minha atividade ulterior consistiu em elaborar o que jorrava do inconsciente naqueles anos e que inicialmente me inundara: era a matéria-prima para a obra de uma vida inteira. (JUNG, 2019, p. 204)

Essa fase, considerada a mais profícua de sua vida, é marcada por muitas inseguranças, mas também pela coragem de entregar-se na escuta ativa das diferentes vozes que se apresentavam: de Salomé, Filemon, Elias, entre outras. Um processo de autoexperimentação que consistiu no exercício de interação e diálogos internos com as figuras da imaginação, reconhecendo-as como seres reais. Foi um exercício de autoanálise, afirma Boechat, em que ele era o paciente, o terapeuta e o método (2014). Ou, como prefere Sunu Shamdasani, uma elaboração lírica, um trabalho de psicologia em formato literário (2014). Sim, nele, Jung usou da linguagem literária, dramática, para retratar o que psiquicamente lhe acontecia. A partir dessa experiência, de caráter fundamentalmente subjetivo, Jung imprime seu estilo, sua natureza terapêutica, que consiste numa compreensão poética do mundo e do sujeito.

> Considero tal coisa (dialogar) como uma verdadeira técnica. Todos sabem que têm a peculiaridade e a capacidade de dialogar consigo mesmos. Sempre que nos encontramos diante de um dilema angustioso, costumamos dirigir a nós próprios (senão a quem?) a pergunta: que fazer? Fazemo-lo em voz baixa. E nós mesmos (senão quem?) respondemos. Uma vez que temos a intenção de sondarmos os fundamentos básicos de nosso ser, pouco nos importa viver como que numa espécie de metáfora. (JUNG, O.C. 7/2, p. 323)

Viver como uma espécie de metáfora é viver no mundo imaginal. Viver como uma criança que brinca e leva a sério seu brincar. Leva a sério seu mundo de fantasia e o vive na intensidade profunda de suas emoções, sem perder a fronteira que os separa. Assim são os escritores. Sujeitos que acreditam em suas fantasias e as têm como essenciais na prática de seu ofício. A literatura comporta mundos e nos ensina a viver em estado de poesia, marcado por uma perspectiva menos literal e mais simbólica. Uma postura de fabulação criativa e dialógica com as outras vidas que vivem na intimidade da cabeça de seus autores e que, ao serem personificadas, tornam-se personagens.

O escritor maranhense Josué Montello:
[...] tenho dentro de mim, "vidas" que consigo captar e transferir ao papel, no romance. [...] Escrever é o encontro com aquilo que estava dentro de mim e eu não sabia, e só vejo no papel. (RICCIARDI, 2008, p. 115)

Ou:
A escritora e jornalista russa Svetlava Aleksiévich:
É assim que eu ouço e vejo o mundo – como um coro de vozes individuais e uma colagem de

detalhes do dia a dia. É assim que meus olhos e ouvidos funcionam. Dessa forma, minha mente e emoção chegam ao seu potencial máximo. Dessa maneira, eu posso ser, ao mesmo tempo, escritora, repórter, socióloga, psicóloga e pregadora. (Revista *Tag*, ed. Julho, 2018)

Conviver com vários provoca tensões. E resistência. Ser portador de uma multiplicidade de identidades, com desejos e pensamentos autônomos, põe em choque a hegemônica autoridade do Ego, e o convoca para uma posição de mediador das várias vozes. Uma arte ou técnica que Jung denominou de imaginação ativa. A imaginação ativa consiste na escuta interessada e no reconhecimento objetivo desses outros como outros e do Eu como parte de muitos.

Tal arte, ou técnica, consiste em emprestar uma voz ao interlocutor invisível, pondo a sua disposição, por alguns momentos, o mecanismo da expressão; deixamos de lado a aversão natural por esse jogo aparentemente absurdo consigo mesmo, assim como a dúvida da autenticidade da voz do interlocutor. Este último detalhe é de grande importância. Identificamo-nos sempre com os pensamentos que nos assaltam, uma vez que nos consideramos seus autores. É interessante observar que são os pensamentos impossíveis que despertam em nós um sentimento de maior responsabilidade subjetiva. Se percebêssemos com mais acuidade como são severas as leis naturais às quais devem submeter-se até mesmo as fantasias mais selvagens e arbitrárias, talvez seríamos mais capazes de consideramos esses pensamentos como fatos objetivos, como se fossem sonhos. (JUNG, O.C. 7, p. 92)

"O romance é a autorização
da esquizofrenia."

Rosa Montero

A capacidade de dialogar e de reger esse grande coro de vozes é condição indispensável para o exercício da literatura. Como afirma o grande romancista norte-americano William Faulkner, "um romancista é um homem que ouve vozes, coisa que o assemelha a um demente". Maestros capazes de reger diversas vozes que coexistem em contradição, os escritores tornam-se inspiração para nós, analistas, que precisamos apoiar nossos pacientes nesse diálogo com seus muitos de dentro e seus muitos de fora. É necessário, muitas vezes, abdicar, até certo ponto, do pensamento dirigido – lógico, linear, racional, adaptado – para abraçar o pensamento fantasia – metafórico, subjetivo, íntimo – que possibilite uma compreensão poética do mundo e do sujeito.

> Temos, portanto, duas formas de pensar: o pensar dirigido e o sonhar ou fantasiar. O primeiro trabalha para a comunicação, com elementos linguísticos, é trabalhoso e cansativo; o segundo trabalha sem esforço, por assim dizer espontaneamente, com conteúdos encontrados prontos e é dirigido por motivos inconscientes. O primeiro produz aquisições novas, adaptação, imita a realidade e procura agir sobre ela. O último afasta-se da realidade, liberta tendências subjetivas e é improdutivo com relação à adaptação. (JUNG, O.C. 5, p. 39)

Trafegar entre essas duas formas de pensamento é fundamental: entre o cultural e o contracultural, entre o movimento de adaptação e de transgressão, entre um Ego Heróico e um Ego Imaginal, entre uma consciência literal e uma consciência simbólica ou poética. O pensamento fantasia se apresenta nos sonhos, nas brincadeiras infantis, nos delírios, mas também pode ser acessado, sem perda da atitude consciente, através da partícula ficcional "como se". *Como se*, nos ensinam os escritores, ajuda a expandir a realidade, e os limitados limites do real se desfazem. Protegido por ela, o autor permite que a realidade interna se multiplique, saia do seu controle, sem que o "controle" saia dele. Neste ato, podemos estabelecer uma profícua relação entre a psicologia analítica e a literatura. Podemos, portanto, aprender, com esses artistas da palavra, a nos aproximar do exercício imaginativo, que compreende um diálogo verdadeiro com nossa legião estrangeira. O desconhecido em nós. Acessar nosso inconsciente *como* se ele fosse um escritor. E nossos complexos como personagens ficcionais.

> Se a progressão da sanidade em direção à saúde é distinguida pelos graus de literalismo, então a estrada terapêutica que conduz a psicologia para a sanidade é aquela que retorna pela mesma passagem hermenêutica – desliteralizar. Para sermos sãos devemos reconhecer nossas crenças como ficções, e perceber nossas hipóteses como fantasias. (HILLMAN, 2010, p. 179)

Ou, como prefere explicar o narrador do conto "O hospital", em *Tripé* (1999), de Rodrigo Lacerda:

> A consciência dos homens é sustentada por um tripé. O primeiro pé traz a observação da realidade cotidiana, pura e às vezes até prosaica. O segundo é onde a subjetividade de cada um se encontra no mundo real, distorcendo-o fatalmente. O terceiro é exclusivo dos sonhos e das fantasias, ou dos pesadelos. (CASTELLO e CAETANO, 2013, p. 175)

Assim como não somos donos dos nossos complexos, também muitos autores reconhecem não serem donos de seus personagens. E nos oferecem exemplos de como nos relacionarmos com a profusão de pensamentos que nos assolam e com os quais tendemos a nos identificar. Todo escritor faz uso da personificação como ferramenta criativa que permite dar expressão às suas ficções. A literatura é um recurso que permite ao autor acessar suas fantasias de modo mais impessoal. Assim, quando nos relacionamos com os nossos complexos como personagens ficcionais, ofertamos ao Ego uma posição similar à do autor de romance polifônico, onde a consciência do autor e das personagens interagem num dialogismo onde é reconhecida a autonomia das partes.

> O autor do romance polifônico não define as personagens e suas consciências à revelia das próprias personagens, mas deixa que elas mesmas se definam no diálogo com outros sujeitos--consciências, pois as sente ao seu lado e à sua frente como "consciências equipolentes dos outros, tão infinitas e inconclusíveis" como a dele, autor. (BEZERRA, 2005, p. 195)

> As ficções de um autor são frequentemente mais significativas que sua própria realidade, contendo mais substância psíquica, a qual perdura longamente após seu *criador* ter-se ido. Um autor cria apenas devido à autoridade delas. A noção de que as ficções literárias possuem uma inerente autonomia é a perspectiva da Musa personificada, sem a qual toda a aventura do escrever torna-se precária. (HILLMAN, 2010, p. 60)

No exercício da prática clínica, esse método possibilita que o paciente, tomado por seus afetos, possa ganhar o distanciamento necessário para relacionar-se com partes de si mesmo. Muitas vezes, o batizamos. Damos-lhe nome, estilo de ser e até mesmo uma história. Compreendemos sua ira ou sua dor, suas verdades, suas demandas, abrimos um campo para a produção de uma fluidez entre o Eu e suas personalidades parciais. Quem pensa isso em você? – indago. E, a partir daí, damos voz e situamos o diálogo que se manifesta com interesses, muitas vezes divergentes, entre a consciência criadora e a consciência criada. Uma experiência bastante habitual aos escritores.

O maior exemplo dessa vivência coletiva é Fernando Pessoa. Alberto Caieiro, Ricardo Reis, Álvaro de Campos, as personagens ficcionais desse escritor são muitas. Cada uma com sua própria historiobiografia, seu jeito de ser. Alberto Caeiro (1889-1915) nasceu em Lisboa, passou a sua vida no campo e ficou órfão de pai e mãe muito cedo, passando a viver com uma tia-avó. Morreu de tuberculose. Ricardo Reis nasceu em 1887 no Porto, não sendo conhecida a data de sua morte. Estudou Medicina e, antes, em colégio de jesuítas. Foi viver no Brasil em 1919, após a instauração da república em Portugal (1910), porque era monarquista. Já Álvaro de Campos nasceu em Tavira, Portugal, no ano de 1890. A data de seu falecimento não é conhecida. Formado em Engenharia na Escócia, não exerceu a profissão. O exercício da personificação, em Pessoa, extrapolou o próprio Pessoa, por ter dado a essas figuras identidades para além do mundo privado do autor. Estima-se que, entre pseudônimos, heterônimos e semi-heterônimos, Fernando Pessoa possua mais de 70 identidades diferentes.

> Vivem em nós inúmeros
> Se penso ou sinto, ignoro
> Quem pensa ou sente.
> Sou somente o lugar
> Onde se sente ou pensa.

Validar a autonomia dessas vozes é condição para esse exercício. E, ao fazê-lo, oferecemos a nosso paciente uma possibilidade de diálogo consigo mesmo, diluída uma posição monolítica do Ego, de modo a elaborar novas ficções. Em seu processo de criação, Jorge Amado assumia o papel de executor das vontades de seus personagens, muitas vezes contrariando seus próprios desejos. Em *Dona Flor e seus dois maridos* (1966), o escritor queria que a protagonista ficasse com Vadinho, mas ela quis ficar com os dois maridos – é o que contava Zélia Gattai. Jorge não tinha autonomia sobre seus personagens ficcionais, reconhecidos pelo próprio autor ao abordar seus caminhos criativos.

Jorge Amado:
O autor não é o dono de seus personagens. O personagem, para ser realmente uma figura de ro-

mance, ou seja, uma figura viva, de carne e osso, tem que pensar por sua cabeça e fazer o que bem entender. Eu sempre digo [...] que não sei contar histórias, no sentido de inventar uma história e contá-la. Minhas histórias são feitas pelos personagens, passo a passo. Em geral, quando paro de escrever, não sei o que vai acontecer depois, ou muito dificilmente; às vezes, os personagens não aceitam o que eu pensei. (RICCARDI, 2005, p. 77)

Modesto Carrone:
Os personagens têm vida própria. A pergunta frequente quando estou escrevendo e chego num determinado ponto é: e agora? Mas às vezes não sou eu quem pergunto para mim mesmo, é a obra. Ela de alguma maneira tem vigência no seu próprio desenvolvimento. (CHIODETTO, 2002, p. 117)

Stephen King:
Geralmente, tenho uma ideia de possível final, mas nunca pedi a um grupo de personagens que fizessem as coisas do meu jeito. Pelo contrário, quero que façam as coisas do jeito deles. Algumas vezes, o final é o que eu visualizei. Na maioria dos casos, porém, é algo que jamais esperava. (KING, 2015, p. 142)

Essa capacidade de ceder, conscientemente, à intenção de seus personagens, reconhecendo neles uma autonomia de ação, apresentada pelos escritores, se assemelha à necessidade de reconhecimento dessa mesma autonomia e intencionalidade das nossas personagens internas, apresentadas por Jung. No seu jeito de fazer psicologia, Jung nos apresenta a alma politeísta, com sua multidão de personagens, e nos orienta a olhá-los como se fossem pessoas reais. Diante delas, não devemos tentar reduzi-las a uma interpretação: em vez do que significam, buscar o que querem. Uma consciência psicológica, portanto, envolve uma confiança na realidade psíquica, acessada através da personificação de nossos humores. Pensar uma clínica junguiana implica abrir uma porta para o diálogo com a multiplicidade psíquica, de modo que o Ego nunca será um Eu sozinho. Mas é um ator ativo, na medida em que rege vozes, permitindo que elas se manifestem com autonomia. Flexibilizando seu ponto de vista, abre espaço para outras verdades. O espaço analítico será, portanto, o lugar onde podemos conhecer a nós mesmos, conhecendo o outro, o eu estranho. Reconhecendo-se como um lugar povoado por múltiplos sujeitos independentes e isônomos, assumimos uma psicologia que traz a marca da subjetividade, onde cada indivíduo, sendo plural, tece sua condição singular e poética de existir.

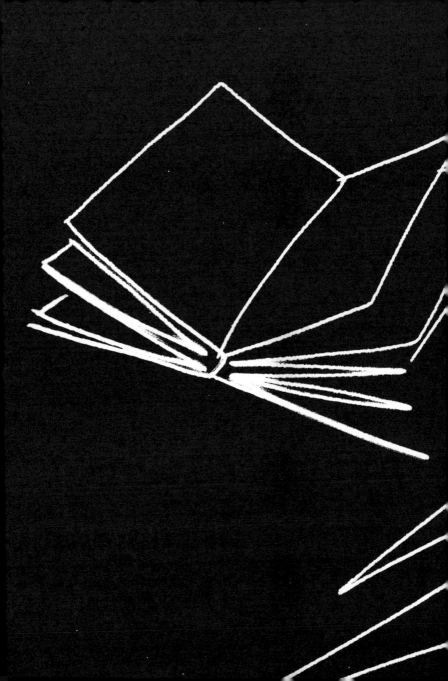

> **"O autor só escreve metade do livro, da outra metade se ocupa o leitor."**
>
> *Joseph Conrad*

em dúvida, psicologia e literatura partilham uma amp
ronteira e guardam inter-relações significativas. O poe
ingidor, nos diz Fernando Pessoa. Fingidor porque apr
omo seu o que parece pertencer a um outro. Ou a tan
xpressa e comprova, com profunda sensibilidade, que
a alma são arquetípicas. Elas são universais e dizem
nossa própria condição humana de existir. Os escrito
om suas antenas de sensibilidade, captam e transforr
m histórias diversas, essa riqueza arquetípica do vive
ssa capacidade de ocupar um espaço intermediário e
ercepção externa e a percepção inconsciente, podem
ara os processos de criação artística como meios de
obre a natureza da psique. Entretanto, embora seja es
onexão entre esses dois campos, essa relação não pa
econhecida dentro dos estudos da prática clínica, que
istoricamente, para a necessidade de garantir à psicc
m lugar de autoridade científica, aproximando-a, assi
nedicina e de toda premência de objetividade, de veri
e mensuração que ela impunha. Embora saibamos qu
as artes e o da psicologia possuem uma mesma gêne
lma humana – ainda não constam, nos currículos esco
as faculdades de psicologia, disciplinas que se aprofi
ema da criação artística, dando a ela o valor de referê
ensino e aprendizado da clínica. O corpo docente da
e psicologia está repleto de médicos, neurocientistas
nesmo, advogados. Desconheço, contudo, entre eles,
omancistas ou artistas plásticos. Este trabalho busca
ncontro. Entendo que é hora de nós, analistas, aprenc
om os artistas – neste caso, elegemos os escritores –
nétodos. Vamos, então, na direção contrária do mito
ara penetrar no obscuro mundo daqueles que se ave

O analista como leitor

Se podemos pensar o espaço analítico como espaço literário, onde o paciente é o narrador de suas ficções, se podemos pensar a imaginação como método para dialogar com nossos personagens ficcionais internos e externos, de modo a construir pontes diante dessa cisão, é possível ampliar nosso pacto metafórico, posicionando o analista como se fosse um leitor que se debruça sobre a história de cada paciente como se fosse um romance? Ler se parece com escutar?

Durante muitos e muitos anos de nossa história, todo o conhecimento, toda a sabedoria de um povo se alojava nas narrativas orais que eram contadas de geração a geração. Eram elas que preservavam a memória das experiências humanas. Na escuta atenta dos ouvintes, as histórias desencadeavam multiplicidades de sentidos e, portanto, inúmeras possibilidades de compreensão. Carregadas de símbolos, atravessaram o tempo histórico sem esgotar a capacidade de ativar as fibras interpretativas daqueles que eram tocados por elas.

> Os seres humanos fazem narrações orais desde que aprenderam a se comunicar por meio de sons simbólicos e usar esses sons para contar histórias do passado e do futuro, de deuses e demônios, histórias que davam às comunidades um passado compartilhado e um destino comum. As histórias também preservavam a experiência humana, dizendo aos ouvintes como agir em situações difíceis e evitar armadilhas comuns. (PUCHNER, 2019, p. 53)

Quando a narrativa oral cruzou com a escrita, nasceu a literatura. E a díade narrador e ouvinte cedeu espaço para uma nova dupla: texto e leitor. Mas o mundo do papel e da impressão não suprimiu a força simbólica e transformadora dessa relação. Continuamos a "ouvir" ou "ler nas entrelinhas", mantendo viva a potencialidade dessa confluência que nos toca e nos faz questionar nossas visões sobre o mundo e nosso olhar sobre nós mesmos. É no espaço intermediário entre o que é narrado e escutado, entre o texto e a leitura do texto, que avançamos para além do universo de palavras, pois os sentidos também habitam nos silêncios, nos espaços entre vírgulas, nos ritmos que ativam associações de imagens com outros múltiplos sentidos. Essa concepção dialógica da escuta também faz parte da leitura. Abrimos perguntas, recriamos um mundo a partir do que foi lido, abrimos para novos significados, associações, e, dessa forma interativa e complementar, o leitor vai se tornando também um autor daquilo que lê.

Assim, me aproximo da imagem do analista como leitor. Tenho em vista a leitura como um encontro de subjetividades, e o leitor como um ator ativo na criação de novas perspectivas, pois o autor não controla os sentidos do texto, e o leitor não ocupa um posto de decodificador de um significado, mas age como um catalisador de um processo aberto e cooperativo entre autor, texto e leitor. Um analista-leitor de palavras e também de imagens. Um leitor que provoca novos olhares ao suscitar, a partir de onde é tocado pela narrativa, novas perguntas.

> Escutar, assim como ler, tem que ver, porém, com a vontade e com a disposição para aceitar e apreciar a palavra dos outros em toda sua complexidade, isto é, não só aquilo que esperamos, que nos tranquiliza ou coincide com nossos sentidos, mas também o que diverge de nossas interpretações ou visões de mundo. (BAJOUR, 2012, p. 24)

> "Cada leitor, quando lê, é
> um leitor de si mesmo."
>
> *Marcel Proust*

Jung enfatizou o relacionamento como elemento fundamental na situação analítica e a importância de renunciarmos, diante do outro, à "superioridade do saber e toda e qualquer autoridade de influenciar" (JUNG, O.C. 16/01). Na visão de Jung, essa posição dialógica abre espaço para que um encontro criativo se processe, onde ambos, paciente e analista, se afetam. O *setting* analítico funciona como um vaso para metamorfoses, capaz de fazer nascer da tensão dos conteúdos conscientes e inconscientes, do espanto diante do desconhecido, da escuta ao estrangeiro que nos habita, as pequenas grandes epifanias.

No ritual semanal do espaço clínico, contamos histórias. Histórias que chamam outras histórias. Histórias que se debruçam sobre memórias, que constituíram, até ali, a identidade do sujeito.

Quem fala inventa, afirma o escritor Cristovam Tezza. Nesse sentido, imagino o espaço analítico como espaço de invenções. Inventamos quem imaginamos ser, enquanto nos reinventamos na direção de quem somos. Como ouvinte-leitor de ficções, de verdades e mentiras, a relação entre analista e paciente pressupõe um pacto. Um pacto similar ao que é estabelecido, implicitamente, entre o leitor e o escritor, que não busca investigar a verdade dos fatos, mas, através das diversas fraudes, enganos e exageros, acessar as verdades inquietantes e profundas. O autor diz verdades conscientemente, contando mentiras, enquanto o paciente afirma verdades, inconscientemente, mentindo. Nesse acordo ficcional, onde deixamos em suspensão os julgamentos de verdades e mentiras, entramos nas ficções, reconhecendo nelas uma realidade psíquica.

> A norma básica para se lidar com a obra de ficção é a seguinte: o leitor precisa aceitar tacitamente um acordo ficcional, que Coleridge chamou de "suspensão da descrença". O leitor tem de saber que o que o que está sendo narrado é uma história imaginária, mas que nem por isso deve pensar que o escritor está contando mentiras. (ECO, 1994, p. 81)

Quando um paciente nos diz "mato um dragão por dia", não interessa a verdade literal desse fato, mas a possibilidade de acessá-la através da imagem que a partícula ficcional *como* se propõe. Interessa conhecer o dragão. Interessa saber o que ele quer. Interessa saber onde meu paciente encontra forças para enfrentá-lo, de onde ele surge e como se sente diante dele. A psique cria realidades todos os dias (JUNG, 2011). E elas são expressas em nossas fantasias, sonhos, sintomas, nas nossas narrativas biográficas ou autoficcionais. A história de caso é fundamental para a psicologia analítica, porque o modo como contamos nossa história é o modo como formamos nossa terapia (HILLMAN, 2010).

E, em toda história, há sempre o leitor-ouvinte como um ingrediente fundamental que, testemunha e cúmplice, impulsiona a própria história. No espaço analítico onde tecemos essa historiobiografia, vamos tentando dar sentidos aos cacos de lembranças que carregamos e que, muitas vezes, nos fazem cair no perigo de ficar fixados numa única versão da história. O espaço analítico é um espaço para criar novas ficções como possibilidade de des-literalizar a vida, nos permitindo uma maior flexibilidade psíquica. Historiamos e re-historiamos, ocupando, sempre, um duplo sentido: narrador e leitor, leitor e narrador. O paciente chega movido pela dor. E as dores, muitas vezes, são uma força disruptiva que invade o fio da vida para nos tirar da fixação de uma única ficção. Ela impõe um movimento para o qual o Ego resiste. Mas, nesse vaso de metamorfoses, se transforma.

> ... o leitor ideal não é taxidermista, tampouco um arqueólogo; é, de preferência, um inventor que lê para encontrar perguntas, que subverte o texto, que sabe o que o escritor apenas intui, que acredita que, se não se lê, o mundo se torna mais pobre e que vive cada livro como se fora sua autobiografia. Um grande livro é um livro que cresce enquanto alguém cresce, um livro que não se gasta, que muda conosco, que na releitura tem algo novo para darmos. (ANDRUETTO, 2017, p. 93)

Escutar como quem lê nos convoca a estar, simultaneamente, em duas posições: passiva e ativa. Como analista, idem. Passiva, no sentido de exercitar uma condição receptiva, aberta, flutuante. E ativa, na medida em que aquilo que escuto ou leio também evoca novas ideias, associações, indo, muitas vezes, para além da intenção do autor ou paciente. "Os autores muitas vezes dizem coisas de que não têm consciência; só depois de tomar conhecimento das reações dos leitores é que descobrem o que disseram." (ECO, 2018). Esse despertar, a partir do olhar do outro, faz parte do processo terapêutico. Onde o Ego surge como um narrador, que passa a se reconhecer como coautor da própria história, e, aos poucos, vai descortinando as necessidades impostas por um outro autor, habitante de instâncias psíquicas inconscientes, que se apresentam à consciência através da profusão de estados de humor, devaneios, anseios e fantasias.

A terapia é um espaço em que nos dedicamos às narrativas. Onde contamos nossos sonhos, nossa história de vida. Aqui, chegamos com a expectativa de que o outro nos mostre a porta de saída do atoleiro, ou de retorno ao que já não existe mais. Chegam em busca de cura de seus sintomas. E o que cada paciente nos oferece para a construção desse caminho é a narrativa de sua vida, enquanto a própria vida acontece. Cada um conta sua história de um modo muito próprio. E o modo como contamos a nossa história diz muito de quem somos: uma espécie de estilo literário que nos revela nesse enredo de verdades e mentiras. Dessa forma, afirma Hillman, "a arte da terapia requer um manuseio habilidoso da memória, da história de caso, a fim de que ela possa proporcionar fundamento ao paciente." (2010).

> "A Palavra é metade
> de quem a pronuncia e
> metade de quem a escuta."
> *Michel Montaigne*

A leitura, assim como a análise, é um convite para adentrar no desconhecido e nos permitir o assombro, o espanto que esse estranhamento nos provoca. Cada paciente é como um livro clássico, definido por Ítalo Calvino: aquele que nunca acabou de dizer o que tinha para dizer. O que lemos, capítulo a capítulo, e os limites de nossa interpretação dependerão de quem somos e até onde fomos. Jung nos ensina a importância desse trabalho contínuo sobre quem somos, estimulando-nos a conhecer nossa própria escuridão, como forma de lidar com as trevas de outras pessoas. "Aquilo que não está claro para nós, porque não o queremos reconhecer em nós mesmos, nos leva a impedir que se torne consciente no paciente, naturalmente em detrimento do mesmo." (JUNG, O.C. 16/01).

... ninguém pode ler num livro mais do que sabe, porque "cada um tem um arco de sensibilidade além do qual nada existe realmente. E em cada um esse arco de sensibilidade é diferente", diz Wallace (Stevens). Não se lê a não ser o que já se sabe e, ao mesmo tempo, para ler é preciso se lançar a uma aventura e um desafio; a aventura de encontrarmos a nós mesmos, porque, ao se ler um livro capaz de nos interpelar, nossa sensibilidade se abre a perguntas que buscam na linguagem sua expressão e sua resposta. Mas, assim como para olhar é preciso se pôr em algum lugar, também lemos a partir de certa perspectiva, de uma pergunta aberta, ainda não respondida, que trabalha em nós e sobre a qual trabalhamos como lemos. Ler à luz de um problema é se deixar atravessar por um texto. (ANDRUETTO, 2017, p. 83)

"Todo leitor é
um rebelde, um
insatisfeito."
Graciela Montes

Jamais chegaremos ao ponto de esgotamento de uma interpretação. Aqui, mais importante que a busca de resposta, parece ser a elaboração das indagações. O método da indagação é como fazer ficção, afirma Hilmman (2010), e é fundamental no processo de re-historiar, de construir uma perspectiva menos literal do existir, onde o existir também seja plural. A escuta das histórias de cada paciente abre, para nós e para o outro, um caminho de liberdade que consiste em se tornar aquilo que se é, sendo sempre movimento. Ou seja: ser singular na vasta pluralidade que habitamos e nos habita. Não se trata de buscar um esgotamento, uma interpretação, algum lugar a que se chega e pronto. Fecha-se um livro. Cada pessoa é uma obra aberta, inacabada. O processo de análise é um caminho, algo que é tecido no tempo, onde tentamos sair da ficção da realidade para a realidade da ficção (HIILLMAN, 2010). É um caminho que desvela um ser para convertê-lo em outro, em outros. De uma história a outra, de um silêncio a outro, de sonho a outro, de uma leitura a outra, vamos aprendendo e ensinando. Ambos em profunda alquimia.

"A arte é a coisa mais próxima da vida."
George Eliot

em dúvida, psicologia e literatura partilham uma ampl
onteira e guardam inter-relações significativas. O poe
ngidor, nos diz Fernando Pessoa. Fingidor porque apr
omo seu o que parece pertencer a um outro. Ou a tant
xpressa e comprova, com profunda sensibilidade, que
a alma são arquetípicas. Elas são universais e dizem r
nossa própria condição humana de existir. Os escrito
om suas antenas de sensibilidade, captam e transform
m histórias diversas, essa riqueza arquetípica do vive
ssa capacidade de ocupar um espaço intermediário e
ercepção externa e a percepção inconsciente, podem
ara os processos de criação artística como meios de i
obre a natureza da psique. Entretanto, embora seja es
onexão entre esses dois campos, essa relação não pa
econhecida dentro dos estudos da prática clínica, que
istoricamente, para a necessidade de garantir à psico
m lugar de autoridade científica, aproximando-a, assi
edicina e de toda premência de objetividade, de verif
e mensuração que ela impunha. Embora saibamos qu
as artes e o da psicologia possuem uma mesma gênes
ma humana – ainda não constam, nos currículos esco
as faculdades de psicologia, disciplinas que se aprofu
ma da criação artística, dando a ela o valor de referê
ensino e aprendizado da clínica. O corpo docente das
e psicologia está repleto de médicos, neurocientistas
esmo, advogados. Desconheço, contudo, entre eles,
omancistas ou artistas plásticos. Este trabalho busca
ncontro. Entendo que é hora de nós, analistas, aprend
om os artistas – neste caso, elegemos os escritores –
étodos. Vamos, então, na direção contrária do mito c
ara penetrar no obscuro mundo daqueles que se ave

A alma da literatura,
a literatura na alma.

Chego ao fim deste trabalho como quem traçou um longo caminho na direção de um encontro. Um encontro que se iniciou há muitos anos, quando me aproximei da psicologia através do olhar de Jung. Naquele momento, iniciava um percurso importante na minha trajetória de individuação, que inaugurou um chamado para o novo, um mergulho tão profundo que transformaria em definitivo minha vida. Em plena metanoia, pari-me psicóloga. Mas, como alguém que chega a um novo campo, já tendo explorado outras paisagens, me aproximei da psicologia analítica por encontrar, nessa abordagem, a comunhão para essas duas áreas que evocam em mim múltiplos sentidos: a psicologia e a literatura.

A formação de analista junguiana celebra esse encontro como uma espécie de *coniunctio*, integrando esses dois campos à minha prática clínica. Sempre vi, na literatura, a alma humana, mas a psicologia analítica me fez enxergar, na alma humana, a literatura. Todo mundo é uma história, e a história de cada indivíduo carrega um pouco da história do mundo. As narrativas que ouvimos na clínica se assemelham às muitas outras que nos emocionam e foram extraídas das páginas dos livros de ficção. Sendo assim, um estudo de caso pode ser lido como um texto literário: um romance, um conto, uma poesia. A história de um, que também acende luzes sobre a história de outros.

Nesses anos, atuando como psicóloga clínica dentro da abordagem analítica, aprendi muito. Aprendi, em especial, que a psicologia analítica suporta muitas possibilidades de leituras dentro de seu espectro teórico. Talvez, por isso, Jung afirmasse não querer formar junguianos. Imagino que, ao se posicionar dessa maneira, estivesse defendendo que cada um de nós buscasse sua equação pessoal enquanto analista, o que não pode, de modo algum, prescindir de quem se é. Jung possibilitou, assim, o nascimento de uma clínica autoral. Única. Tão singular quanto cada indivíduo que nela chega, seja como paciente, seja como analista.

Minha escuta analítica busca incorporar o excepcional poder terapêutico da literatura. Muitas vezes, diante de um paciente, as vozes desses autores ecoam em mim. Histórias, frases, metáforas

> "Há palavras que, apenas
> murmuradas, abrandam
> em nós os tumultos."
> *Gaston Bachelard*

poéticas que me auxiliam na arte da terapia. Falar através evoca novas perspectivas. Um paciente relata algo sobre um evento e ressoa em mim a voz de uma contadora de histórias, e a história surge. Compartilho. E a deixamos reverberar, com sua capacidade simbólica de penetrar em camadas mais profundas de nossa alma.

As contribuições da psicologia para a interpretação das obras literárias são muitas. Neste trabalho, entretanto, ousei uma inversão. Ousei aprender a ler a psicologia analítica, a olhar a pluralidade psíquica que nos habita, a partir da literatura. Busquei compreender a realidade psíquica e os desafios de estabelecer diálogos com nossos complexos, a partir do modo como os escritores experimentam suas ficções. Os pontos de interseção são muitos, muito além dos que aqui foram abordados.

Se somos feitos de histórias, se nossas histórias são o nosso jeito de escrever ficção, a clínica surge como esse espaço de tessitura entre a narrativa e a escuta, entre o ler e o escrever. Um espaço para adentrar em um território desconhecido, enquanto escrevemos a biografia de nós mesmos, como quem indaga: que conto me conta?

Referências

ANDRUETTO, Maria Teresa. *A leitura, outra revolução*. São Paulo: Edições Sesc São Paulo, 2017.

BAJOUR, Cecília. *Ouvir nas entrelinhas: o valor da escuta nas práticas de leitura*. São Paulo: Pulo do Gato, 2012.

BARCELOS, Gustavo. *Psique e imagem: estudos de Psicologia Arquetípica*. Petrópolis, RJ: Vozes, 2010.

BARROS, Manoel. *Encontros*. Rio de Janeiro: Beco do Azougue, 2010.

BERNARDI, Carlos. *Senso Íntimo: poética e psicologia*, de Fernando Pessoa a James Hillman.

BEZERRA, Paulo. *Polifonia*. In: Brait, Beth (org). Bakhtin: conceitos-chave. Rio de Janeiro: Contexto, 2005.

BOECHAT, Walter. *O Livro Vermelho de Jung*: jornada para profundidades desconhecidas. Petrópolis, Rio de Janeiro: Vozes, 2014.

CASTELLO, José, CAETANO, Selma. *O Livro das Palavras: conversas com os vencedores do prêmio Portugal Telecom*. São Paulo: Leya, 2013.

CHIODETTO, Eder. *O Lugar do Escritor*. São Paulo: Cosac & Naify, 2002.

CRITELLI, Dulce Mara. *História pessoal e sentido da vida: historiobiografia*. 1.ed., 2 impr. – São Paulo: EDUC: FAPESP, 2015.

ECO, Umberto. *Confissões de um Jovem Romancista*. 1.ed. Rio de Janeiro: Record, 2028.

ECO, Umberto. *Os Limites da Interpretação*. São Paulo: Perspectiva, 2012.

ECO, Umberto. *Seis Passeios pelos Bosques da Ficção*. São Paulo: Companhia da Letras, 1994.

HILLMAN, James. *Entre vistas: conversas com Laura Pozo sobre psicoterapia, biografia, amor, alma, sonhos, trabalho, imaginação e o estado da culturas*. São Paulo: Summus, 1989.

HILLMAN, James. *Ficções que Curam: psicoterapia e imaginação em Freud, Jung e Adler*. Campinas, São Paulo: Verus 2010.

HILLMAN, James. *Re-vendo a Psicoterapia*. Petrópolis, Rio de Janeiro: Vozes, 2010.

JUNG, C.G. *A Natureza da Psique*. O.C. 8/2, Petrópolis, RJ: Vozes, 2011.

JUNG, C.G. *A Prática da Psicoterapia*. O.C. 16/1, Petrópolis, RJ: Vozes, 2011.

JUNG, C.G. *Memórias, Sonhos, Reflexões*. Org. e ed. Aniela Jaffe. 33.ed. Rio de Janeiro: Nova Fronteira, 2019.

JUNG, C.G. *O Desenvolvimento da Personalidad*e. O.C. 17. Petrópolis, RJ: Vozes, 2011.

JUNG, C.G. *O espírito na Arte e na Ciência*. O.C. 15. Petrópolis, RJ: Vozes, 2011.

JUNG, C.G. *O Eu e o Inconsciente*. O.C. 7/2. Petrópolis, RJ: Vozes, 2011.

JUNG, C.G. *O Livro Vermelho*. Petrópolis, RJ: Vozes, 2015.

JUNG, C.G. *Psicologia e Religião*. O.C. 11/1. Petrópolis, RJ: Vozes, 2011.

JUNG, C.G. *Símbolos da Transformação*. O.C. 5, Petrópolis, RJ: Vozes, 2011.

KING, Stephen. *Sobre a Escrita: a arte em memórias*. Rio de Janeiro: Objetiva, 2015.

LEITE, DM., e LEITE, RM., org. *Psicologia e Literatura* (online). 5th ed. Rev. São Paulo: Editora UNESP, 2002.

MACHADO, ANA MARIA. *Ilhas do tempo*: algumas leituras. Rio de Janeiro: Nova Fronteira, 2004.

MARONI, Ameneris. *Eros na Passagem*. Aparecida, SP: Ideias & Letras, 2008.

MARONI, Ameneris. *Figuras da Imaginação: buscando compreender a psique*. São Paulo: Summus, 2001.

MONTERO, Rosa. *A Louca da Casa*. Rio de Janeiro: Ediouro, 2004.

MONTERO, Rosa *A Ridícula idéia de nunca mais te ver*. São Paulo: Todavia, 2019.

PRIETO, Heloisa. *Quer ouvir uma história? Lendas e mitos do mundo da criança*. 1. Ed. São Paulo: Editora Angra Ltda, 1999.

PUCHNER, Martin. *O Mundo da escrita: como a literatura transformou a civilização*. 1. ed. São Paulo: Companhia das Letras, 2019.

REMÉDIOS, Maria Rita Ritzel. *Literatura Confessional: autobiografia e ficcionalidade*. São Paulo: Mercado Aberto, 1997.

RICCIARDI, Giovanni. *Biografia e Criação Literária*, vol I: Escritores da Academia Brasileira de Letras: entrevistas. Niterói, RJ: ABL, 2008.

SACKS, OLIVER. *O Homem que confundiu sua mulher com um chapéu e outras histórias clínicas*. São Paulo: Companhia das Letras, 1985.

SHAMDASANI, Sonu. C.G. Jung: *Uma biografia em livros*. Petrópolis, RJ, Vozes, 2014.

STEEN, Edla Van. *Viver & Escrever*. 2 ed. Porto Alegre: L&PM, 2008.

TABBUCHI, Antônio. *Afirma Perreira*. São Paulo: Cosac Naify, 2013.

TEZZA, Cristovão. *Literatura à Marge*m. Porto Alegre: Dublinense, 2018.

VARGAS LLOSA, Mario. *A verdade das Mentiras*. São Paulo: Arx, 2004.

em dúvida, psicologia e literatura partilham uma amp
onteira e guardam inter-relações significativas. O poe
ngidor, nos diz Fernando Pessoa. Fingidor porque apr
omo seu o que parece pertencer a um outro. Ou a tan
xpressa e comprova, com profunda sensibilidade, que
a alma são arquetípicas. Elas são universais e dizem r
nossa própria condição humana de existir. Os escrito
om suas antenas de sensibilidade, captam e transforn
m histórias diversas, essa riqueza arquetípica do viver
ssa capacidade de ocupar um espaço intermediário e
ercepção externa e a percepção inconsciente, podem
ara os processos de criação artística como meios de i
obre a natureza da psique. Entretanto, embora seja es
onexão entre esses dois campos, essa relação não pa
conhecida dentro dos estudos da prática clínica, que
storicamente, para a necessidade de garantir à psico
m lugar de autoridade científica, aproximando-a, assi
edicina e de toda premência de objetividade, de verif
e mensuração que ela impunha. Embora saibamos qu
as artes e o da psicologia possuem uma mesma gênes
ma humana – ainda não constam, nos currículos esco
as faculdades de psicologia, disciplinas que se aprofu
ma da criação artística, dando a ela o valor de referê
ensino e aprendizado da clínica. O corpo docente das
e psicologia está repleto de médicos, neurocientistas
esmo, advogados. Desconheço, contudo, entre eles, p
mancistas ou artistas plásticos. Este trabalho busca
ncontro. Entendo que é hora de nós, analistas, aprend
om os artistas – neste caso, elegemos os escritores –
étodos. Vamos, então, na direção contrária do mito c
ara penetrar no obscuro mundo daqueles que se aver

Agradecimentos

Esta obra é resultado das inúmeras trocas e reflexões ocorridas durante o processo de formação como analista Junguiana no Instituto de Psicologia Analítica da Bahia (Ipabahia). Foram muitos os que contribuíram nesse processo. Agradeço a Tereza Caribé pelo acolhimento, pelo vasto conhecimento sobre a prática clínica Junguiana e a persistência diária de manter vivo o Ipabahia.

Agradeço a amizade de Érica Matos que me salvou tantas vezes em achados de citações e me doou seu colo; Luciana Campelo, Monica Aguiar e Monica Miranda que trazem essa amizade no fio do tempo e no tecido descoberto da psicologia, quando ainda explorávamos outras paisagens; Fátima Santa Rosa, essa amiga, irmã, madrinha, que me inspira sempre. Hermenegildo dos Anjos, meu eterno Virgílio, que foi testemunha do canto da minha alma e grande mestre; a Ana Urpia e Ana Cristina com quem aprendo sempre.

Agradeço a minha mãe pelo olhar amoroso, pelas inúmeras leituras e pelo amor ancestral à literatura. E a meus amores, Marcus, Pedro e Cauê, por serem minha família, a ventania para as minhas asas.

solisluna

Este livro foi editado em novembro de 2023
pela Solisluna Design e Editora, na Bahia.
Impresso em papel offset 90 g/m².
Produzido na Gráfica Viena, em São Paulo.
Primeira reimpressão em março de 2024.